MW01016878

Cuentos escogidos
para pequeñines

Cuentos escogidos para pequeñines

Editorial Época, S.A. de C.V.
Emperadores núm. 185
Col. Portales
C. P. 03300, México, D. F.

1ra. edición, octubre 2009.

© *Cuentos escogidos para pequeñines*
Pamela Anet Cortéz Valle

© Derechos reservados 2009
© Editorial Época, S. A. de C. V.
Emperadores núm. 185, Col. Portales
C.P. 03300-México, D.F.
email: edesa2004@prodigy.net.mx
www.editorial-epoca.com.mx
Tels: 56-04-90-46
      56-04-90-72

Diseño de portada: Adriana Velázquez Cruz.
Formación tipográfica: Ana M. Hdez. A.

ISBN: 970-627-796-X
ISBN: 978-970-627-796-1

Las características tipográficas de esta obra no pueden reproducirse, almacenarse en un sistema de recuperación o transmitirse en forma alguna por medio de cualquier procedimiento mecánico, electrónico, fotocopia, grabación, internet o cualquier otro sin el previo consentimiento por escrito de la Editorial.

Impreso en México — *Printed in Mexico*

Introducción

En este libro encontrarás cuentos clásicos escogidos especialmente para ti. Todos y cada uno de los autores nacieron antes del año 1930, incluso hay algunos que vivieron hace muchísimos años, pero que por ser bellas historias las hemos incluido. A través de sus páginas disfrutarás de Tolstoi, Perrault, los hermanos Grimm, Andersen, Óscar Wilde, entre otros, que con su audacia y pluma sabia te transportan a lugares donde se desarrollan fantasías, se crean sueños, y habitan seres increíbles.

Cada una de las narraciones que aquí se contienen rebasa la imaginación, supera la ficción, y está lejos de apegarse a la realidad, razón por la que es una lectura altamente recomendada para pequeñines audaces, despiertos e inquietos que buscan algo más que una lección sobria y sin sabor.

Se dice que "Dios inventó al hombre para oírle contar cuentos", y todavía hoy, a pesar de vivir en un mundo tan tecnificado, mediático y unificado, esas fabulosas historias llamadas cuentos siguen despertando el interés de chicos y grandes, pero éste es especialmente para ti que eres el más pequeño de la casa, porque te queremos ver como un experto Cuentacuentos que con tu avidez y entusiasmo puedas interesar al resto de la familia.

El cuento popular pertenece al folklore, es decir, al "saber tradicional del pueblo", y en esto es semejante a los usos y costumbres, ceremonias, fiestas, juegos, bailes, etc.; y en la literatura denominada popular y tradicional, se sitúa al lado de los mitos, las leyendas, los romances y baladas. Nacen los cuentos populares en una tradición cultural determinada y se transmiten oralmente, en voz alta, en las plazas públicas o en torno al fuego del hogar.

Pero aunque no tengas un fuego donde reunir a los tuyos, emplea cualquier rincón; incluso la sala, y no dejes pasar la oportunidad para leerles un cuento; y si alguien te hace guardar silencio, comenta el siguiente texto del escritor francés Jean-Claude Carriére:

Una anécdota persa muy antigua muestra al narrador como un hombre aislado, de pie en una roca cara al océano. Cuenta sin descanso una historia tras otra, deteniéndose apenas un momento para beber, de vez en cuando, un vaso de agua.

El océano, fascinado, lo escucha en calma.

Y el autor anónimo añade:

—Si un día el narrador callase, o si alguien lo hiciese callar, nadie puede decir lo que haría el océano.

Los deseos ridículos

Charles Perrault

Vivió en una aldea de Francia, hace muchos años, un pobre campesino a quien la suerte castigaba de todas las maneras. Trabajo que comenzaba, trabajo que terminaba por ser un fracaso. Si sembraba las tierras, era seguro que el viento o las heladas tronchaban los débiles tallos de las plantas antes de que llegasen a su total madurez. Si se dedicaba a la ganadería, alguna epidemia diezmaba sus rebaños.

Aunque su buena disposición de ánimo hacía que se esforzara por sobrellevar los contratiempos, no siempre conseguía vencer a la desesperación.

Y como es humano que suceda, terminó por hablar solamente de su mala suerte y no abrir la boca sino para renegar de ella.

—¡Será posible —se decía— que mientras otras personas ven compensada su vida por igual cantidad de éxitos y fracasos, yo no pueda, cuando menos, decir lo mismo! ¡Será posible que haya otro como yo que jamás en su vida haya visto satisfecho su deseo!

Muchas mañanas, cuando la aurora anunciaba la próxima salida del sol, se levantaba de su rústica cama dispuesto a salir de la casa.

—¿Para qué he de salir —dialogaba consigo mismo—, si sé que, haga lo que haga, no lo llevaré a buen término?

Pero en seguida, pensando que tal vez su suerte cambiaría de un momento a otro, marchaba, ya a la huerta, ya al monte, dispuesto a iniciar algún trabajo.

Un día que su ánimo era mejor que en otras oportunidades, se dirigió a un bosque cercano en busca de leña. Llevaba un largo rato golpeando con el hacha en el grueso tronco de un árbol cuando una luz muy fuerte hirió su vista. Llevóse las manos a los ojos; luego las separó poco a poco para mirar hacia todas partes. Su sorpresa aumentó entonces al ver a su lado al dios Júpiter, el que estaba empuñando una gran cantidad de rayos y centellas, que eran lo que provocaba la inusitada claridad. Temeroso de que la presencia del dios anunciara para él una desgracia mayor que todas las anteriores, el aldeano se arrojó al suelo y exclamó suplicante:

—¡Señor, no me hagas daño! ¡De ahora en adelante procuraré resignarme con mi suerte!

—Nada temas, buen hombre —respondió Júpiter—: no he venido a descargar sobre tus hombros una desgracia más. Por el contrario, considerando fundadas tus profundas quejas, deseo tratar de remediar tus males. Para ello, me comprometo a concederte como gracias las tres primeras cosas que pidas. Elige, pues, lo que desees; pero piénsalo bien antes, ya que de tu pedido pueden depender la suerte y la felicidad a que aspiras.

Desapareció Júpiter y el aldeano pensó durante un largo rato si la extraña aparición no habría sido producto de su fantasía. Pero poco tardó en convencerse de que todo era muy cierto, al ver que algunas plantas se habían chamuscado al contacto con los rayos y centellas que el dios tenía en las manos. Cargó, pues, sobre los hombros varios haces de leña, y radiante de júbilo tomó el camino a casa, deseoso de llegar cuanto antes para enterar a su esposa del extraordinario encuentro que había tenido.

Era largo el camino que conducía a su cabaña; calurosa la mañana... Pero el aldeano, pensando sólo en la felicidad que le aguardaba, no se preocupaba de los inconvenientes de la marcha. Hasta le parecía que todo era alegría en torno suyo; que aquellas mismas personas que antes odiaba y envidiaba por su suerte, eran simpáticas y buenas... Lleno de un optimismo en él desconocido, llegó a su casa y empujó la puerta.

Su mujer, que no recordaba haberle visto nunca con tan buen estado de ánimo, pretendió saber la causa de su alegría, y el aldeano le contó el encuentro que había tenido con el poderoso dios Júpiter. De inmediato el matrimonio comenzó a trazar planes y proyectos. Que tal cosa era buena; que tal otra mejor. Y de esta manera, cuando creían haber dado con algo que constituiría una felicidad completa, lo desechaban pensando hallar algo mejor; lo que algunas horas antes hubiese significado para ambos un don del cielo, les parecía en ese momento que no era digno de ser solicitado. Y así, llegaron a pensar que los tres dones otorgados por el dios eran muy pocos. Tanta era la ambición que se había adueñado de sus almas.

Cuando el matrimonio comenzaba a desanimarse, la mujer exclamó:

—Se me ocurre que siendo tan poco lo que te ha concedido el dios, lo mejor es que nos tranquilicemos y que esta noche, cuando estemos acostados, lo consultemos con la almohada.

—Estoy de acuerdo contigo —respondió el aldeano—; pero antes debemos festejar el acontecimiento comiendo y bebiendo como corresponde a un matrimonio que tiene al alcance de su mano las mayores felicidades.

Dispuesto a celebrar la próxima dicha, marido y mujer se sentaron a la mesa. Comieron sobriamente, pues eran muy escasas sus provisiones, y bebieron poco y no de lo mejor, pues el vino que tenían era de bastante mala calidad. Cuando el aldeano hubo vaciado el último vaso, exclamó llevado por su insaciable apetito:

—Pienso que no está en relación con nuestra futura vida la comida que hemos tenido. No sé si es que el vinillo me ha abierto el apetito, pero te aseguro que de buena gana me comería ahora unas cuantas morcillas.

Apenas dijo estas palabras, entraron por la ventana abierta, volando como palomas, una sarta de morcillas que se fue aproximando a la mesa, hasta quedar colocadas en el centro.

La mujer dejó escapar un grito al comprender que la extraordinaria aparición de las morcillas respondía a la expresión del primer deseo.

—¡Insensato! —exclamó dirigiéndose a su esposo—, tu desmedido deseo de comer ha sido castigado. ¿A quién se le habría ocurrido pedir una sarta de morcillas en lugar de solicitar un castillo, un tesoro que nos hiciese riquísimos, o alguna otra cosa por el estilo?

Comprendió el hombre la razón de las palabras de su mujer, y no viendo ya remedio, respondió:

—Estoy de acuerdo contigo en que hice mal, pero sólo puedo reconocer mi necedad y torpeza. Te prometo que de ahora en adelante tendré mayor cuidado.

Estas palabras no calmaron el enojo de la mujer. Su mal carácter, sumado a la resignación que demostraba su esposo, la encolerizaron más. En lugar de callarse, continuó reprochando al aldeano su falta de sentido común.

—¡Tonto, más que tonto! —repetía—. ¡Pensar en comer cuando podríamos haber sido los más ricos de la tierra!

Durante más de una hora no se oyó en la casa más que la voz de la mujer. Hablaba insensatamente repitiendo una y mil veces que su esposo era tal cosa y tal otra. Y el aldeano, que al principio permaneciera callado, terminó por cansarse y exclamó fuera de sí:

—¡Calla de una vez, demonio! ¡Deja de hablar de las morcillas!

Y como su esposa lo ignoró, continuó enojado:

—¡Ojalá se te prendieran a la nariz, para ver si de esa forma dejaras de hablar!

En el acto, abandonando la fuente donde estaban, las morcillas dieron una vuelta en el aire y se prendieron a la nariz de la aldeana.

Dándose cuenta de que su deseo se había cumplido, el aldeano, que en el fondo era un buen hombre, se arrepintió de las palabras que acababa de pronunciar. Callada su mujer, a causa del extraordinario apéndice nasal que la adornaba, pensó: "Yo pediría, como tercera gracia, ser un noble caballero, dueño de hermosísimos palacios; o el rey más poderoso de la tierra y que la reina fuese mi mujer. ¿Pero cómo es posible que ella quiera ser la reina teniendo tan descomunal nariz? Seguramente que preferiría seguir siendo una aldeana humilde y pobre con una nariz normal, antes que una reina con semejante agregado en la cara. Lo mejor es que lo consulte con ella".

Y dicho y hecho: le explicó a la aldeana cuáles habían sido sus pensamientos. La mujer, sin ánimo ya para pensar en otra cosa que no fuese ella misma, escuchó sin chistar las palabras de su esposo. Y considerando que era ser mejor aldeana linda que reina muy fea, así se lo dijo a su esposo. Entonces el aldeano solicitó mentalmente a Júpiter que volviera al estado normal la nariz de su compañera. Y de ahí que el pobre aldeano que se quejaba siempre de la mala suerte, no pudo ser rico, ni poderoso, y debió continuar viviendo en la cabaña, en lugar de habitar en un palacio, rodeado de comodidades y riquezas. Y es que en realidad, a él, como le sucede a muchos hombres, lo alucinó la ambición desmedida y no supo aprovechar la suerte que el dios Júpiter le había puesto al alcance de su mano.

Hans el de la suerte

Hermanos Grimm

Hans había servido a su patrón durante siete años, entonces fue a su encuentro y le dijo:

—Patrón, he decidido terminar mis trabajos aquí; ahora yo quiero tener la dicha de ir a casa de mi madre; por favor déme mi parte correspondiente.

El patrón contestó:

—Usted me ha servido fielmente y con honestidad; cuando el servicio es así, igual debe ser la recompensa —y le dio a Hans una pieza de oro tan grande como su cabeza.

Hans sacó su pañuelo de su bolsillo, envolvió la pieza, la puso sobre su hombro, y salió por el camino hacia su casa.

Mientras iba de camino, siempre poniendo un pie adelante del otro, vio a un jinete trotar rápida y alegremente en un caballo.

—¡Ah! —dijo Hans en voz alta—. ¡Qué cosa más fina es montar a caballo! Allí uno se sienta en una silla; no tropieza con piedras, protege sus zapatos, y uno avanza, sin preocuparse de cómo lo hace.

El jinete, que lo había oído, se paró y lo llamó:

—¡Hey! ¿Hans, por qué va usted a pie, entonces?

—Debo hacerlo —contestó él—, ya que tengo que llevar esta pieza a casa; que en verdad es una pieza de oro, pero no puedo sostener mi cabeza derecha por causa de ella, y eso hace daño a mi hombro.

—Le diré que haremos —dijo el jinete —, intercambiemos: yo le daré mi caballo, y usted me da su pieza.

—Con toda mi dicha —dijo Hans—, pero permítame decirle que usted tendrá que avanzar lentamente con esa carga.

El jinete se bajó, tomó el oro, y ayudó a Hans a subir; entonces le dio la rienda firmemente en sus manos y le dijo:

—Si usted quiere ir con paso realmente bueno, usted debe hacer *chut chut* con su lengua y gritar: "¡Arre! ¡Arre!".

Hans estuvo felizmente encantado cuando se sentó sobre el caballo y anduvo a caballo lejos, orgullosa y libremente. Al ratito él pensó que debería ir más rápido, y comenzó a hacer *chut chut* con su lengua y a gritar: "¡Arre! ¡Arre!". El caballo se puso en un agudo trote, y antes de que Hans supiera donde se encontraba, fue lanzado abajo, cayendo en una zanja de desagüe que separaba al campo del camino. El caballo se habría marchado lejos también si no hubiera sido parado por un campesino, que venía por el camino conduciendo a una vaca delante de él.

Hans acomodó su cuerpo y se levantó en sus piernas otra vez, pero sintiéndose fastidiado, le dijo al campesino:

—Qué mal chasco, esta equitación, sobre todo cuando uno se adhiere a una yegua como ésta, que da una patada y lo bota a uno, de modo que cualquiera podría romperse el cuello así de fácil. Nunca voy a montarla otra vez. Ahora bien, me gusta su vaca, porque uno puede andar silenciosamente detrás de ella, y tener, además, algo de leche, mantequilla y queso cada día sin falta. Lo que daría yo para tener a semejante vaca.

—Bien —dijo el campesino—, si eso le daría tanto placer, no me opongo a cambiar la vaca por el caballo.

Con gran placer, Hans estuvo de acuerdo, el campesino brincó sobre el caballo, y galopando se alejó rápidamente.

Hans condujo a su vaca silenciosamente delante de él, y meditó su trato afortunado.

—Si sólo tengo un bocado de pan —lo cual difícilmente me fallaría— puedo comer mantequilla y queso tan a menudo como me gusta; y si tengo sed, puedo ordeñar a mi vaca y beber la leche. ¿Corazón bueno, qué más puedo querer?

Al llegar a una posada él hizo una parada, y en su gran alegría comió por completo lo que traía con él —su almuerzo y cena— y cuanta cosa encontró que tenía, y con sus últimas monedas adquirió media jarra de cerveza. Entonces él condujo a su vaca por delante a lo largo del camino al pueblo de su madre.

Cuando el mediodía estaba en su máximo punto y el calor era más opresivo, Hans se encontró sobre un páramo que tomaría aproximadamente una hora para cruzarlo. Él lo sintió muy caliente y su lengua se resecaba con la sed.

"Puedo encontrar una cura para esto", pensó Hans; "ordeñaré a la vaca ahora y me refrescaré con la leche".

Él la ató a un árbol seco, y como no tenía ningún balde, puso su gorra de cuero debajo; pero por más que lo intentó, ni una gota de leche salió. Y como él se puso a trabajar de un modo torpe, la bestia se impacientó y por fin le dio tal golpe en su cabeza con su pie trasero, que él cayó en la tierra, y durante mucho rato no pudo pensar donde era que estaba.

Por fortuna en ese momento venía un carnicero por el camino con una carretilla, en la cual traía atado a un cerdo joven.

—¿Qué está pasando aquí? —gritó él, y ayudó al bueno de Hans.

Hans le dijo lo que había pasado. El carnicero le dio su vasija y le dijo:

—Tome de la bebida y refrésquese. La vaca no dará seguramente ninguna leche, es una vieja bestia; en el mejor de los casos es sólo adecuada para el arado, o para el carnicero.

—¿Bien, pues —dijo Hans, mientras se acariciaba el cabello de su cabeza—, quién lo habría pensado? Ciertamente es una cosa fina cuando uno puede matar a una bestia así en casa; ¡qué carne obtiene uno! Pero no se me antoja mucho la carne de vaca, no es bastante jugosa para mí. Un cerdo joven como ése es lo que me gustaría tener, sabe completamente diferente; ¡y luego hay salchichas!

—Oiga Hans —dijo el carnicero—, por el aprecio que le tengo, aceptaré el cambio, y le dejaré tener al cerdo por la vaca.

—¡Que el cielo le reembolse su bondad! —dijo Hans cuando le dejaba a la vaca, mientras el cerdo era desatado de la carretilla, y la cuerda por la cual estaba atado, fue puesta en su mano.

Hans continuó su camino, y pensaba cómo todo iba saliendo como él deseaba; cómo cada vez que se encontraba realmente con algo inconveniente, era inmediatamente puesto a derecho. En ese momento se encontró con un joven que llevaba un ganso blanco fino bajo su brazo. Ellos se dijeron buenos días el uno al otro, y Hans comenzó a contar de su buena suerte, y como él siempre hacía tales buenos tratos. El muchacho le dijo que él llevaba al ganso a un banquete de bautizo.

—Sólo levántelo —añadió él, y lo sostuvo por las alas—; vea como pesa, pues ha sido engordado durante las ocho semanas pasadas. Quienquiera que pruebe un poco de él cuando esté asado, tendrá que limpiar la grasa de ambos lados de su boca.

—Sí —dijo Hans, cuando él sintió su peso en una mano—, es un peso muy bueno, pero mi cerdo no es nada malo.

Mientras tanto el joven miró con recelo de un lado al otro, y sacudió su cabeza.

—Mire usted —dijo con mucho detalle—, puede que no todo esté bien con su cerdo. En el pueblo por el cual pasé, el Alcalde mismo acababa de tener un robo en su pocilga. Temo que usted llegue a ser sospechoso del acto allí. Ellos han enviado a algunas personas y sería un mal negocio si ellos lo agarraran con el cerdo; por lo menos, usted sería encerrado en el agujero oscuro.

El bueno de Hans se aterrorizó. —¡Oh, Dios! —dijo—, ayúdeme a arreglar todo esto; usted que sabe más sobre este lugar que yo, tome a mi cerdo y déjeme su ganso.

—Arriesgaré algo en este asunto —contestó el muchacho—, pero no seré la causa de que a usted lo metan en el problema.

Entonces él tomó la cuerda del cerdo en su mano, y corrió con él rápidamente a lo largo del camino. El buen Hans, ya despreocupado, siguió adelante con el ganso bajo su brazo.

Cuando lo meditó correctamente, se dijo él mismo: "me ha ido muy bien con este cambio; primero habrá buena carne asada, luego la cantidad de grasa que goteará de ella, y que me dará para mi pan durante un cuarto de año, y finalmente las plumas blancas hermosas que servirán para llenar mi almohada, y por ello en efecto iré a dormir plácidamente. ¡Qué alegre se pondrá mi madre!".

Cuando Hans pasaba por el último pueblo, allí estaba un afilador de tijeras con su carretilla; y mientras éste hacía girar a su rueda de afilar, cantaba:

—Afilo tijeras y rápido afilo con mi piedra, mi abrigo se levanta con el viento de atrás.

Hans se estuvo quieto y lo miró; y cuando por fin le habló le·dijo:

—Todo se ve muy bien con usted, al estar tan alegre con su trabajo.

—Sí —contestó el afilador de tijeras—, el comercio es una fuente de oro. Un verdadero afilador es un hombre que en cuanto pone su mano en el bolsillo encuentra allí el oro. ¿Pero dónde compró usted a ese ganso tan fino?

—Yo no lo compré, lo cambié por mi cerdo.

—¿Y el cerdo?

—Lo conseguí por una vaca.

—¿Y la vaca?

—La obtuve en lugar de un caballo.

—¿Y el caballo?

—Por él di una piedra de oro del tamaño de mi cabeza.

—¿Y el oro?

—Bueno, esa fue mi remuneración por siete años de trabajo.

—Usted ha sabido cuidar de sus transacciones cada vez —dijo el afilador—. Si usted sólo pudiera avanzar a fin de oír el tintineo de dinero en su bolsillo cada vez que usted se levante, habrá hecho una fortuna.

—¿Y cómo podría llegar a eso? —dijo Hans.

—Usted tiene que ser un afilador, como lo soy yo —contestó el afilador—; y no es necesario nada más que una piedra de afilar, el resto llega solo. Yo tengo una aquí; cierto que está un poco gastada, pero no tendría que darme dinero por ella, no más que su ganso; ¿lo haría usted?

—¿Cómo puede dudarlo? —contestó Hans—. Seré el tipo más afortunado en la tierra si tengo el dinero cada vez que yo ponga mi mano en el bolsillo, ¿qué necesidad hay de que yo me preocupe por más tiempo?, —y él le dio el ganso y recibió la piedra a cambio.

—Ahora —dijo el afilador, mientras tomaba una piedra pesada ordinaria que estaba en el suelo cerca de él—, aquí tiene otra piedra fuerte, de gran oportunidad para usted, con la que podrá afilar muy bien con ella, y hasta enderezar clavos doblados. Llévesela y guárdela con cuidado.

Hans cargó con las piedras, y siguió con su corazón contento, y sus ojos brillaban con alegría.

—Debo haber nacido con un gran amuleto —se decía a sí mismo—; todo lo que quiero me pasa justo como si yo fuera un niño consentido.

Mientras tanto, como él había estado caminando desde el amanecer, comenzó a sentirse cansado. El hambre también lo atormentó, ya que en su alegría cuando hizo el trato por el cual él consiguió a la vaca, se había comido por completo toda la reserva del alimento que llevaba. Por último, ya sólo podía seguir con gran dificultad, y se sentía obligado a pararse cada minuto; además, las piedras lo sobrecargaban terriblemente. Entonces solamente podía pensar que agradable sería si no tuviera que llevarlas en ese momento.

Ya muy cansado, se arrastró como un caracol a un pozo de agua en un terreno, y allí pensó que descansaría y se refrescaría con el agua fresca, pero a fin de que no pudiera perjudicar a las piedras al sentarse, las puso con cuidado a su lado en el borde del pozo. Entonces se sentó, y cuando debía inclinarse para beber, tuvo un resbalón, golpeándose contra las piedras, y haciendo que ambas cayeran en el fondo del pozo. Cuando Hans vio que se iban al fondo, brincó de alegría, y luego se arrodilló, y con lágrimas en sus ojos agradeció a Dios por haberle dado este favor también, y haberlo puesto en tan buen camino, y no tuvo necesidad de reprocharse a sí mismo por nada de lo ocurrido, ya que aquellas piedras pesadas habían sido las únicas cosas que lo preocuparon.

—¡No hay ningún hombre bajo el sol tan afortunado como yo! —gritó con fuerza.

Con un corazón alivianado y libre de toda carga, ahora pudo correr felizmente hasta estar en casa con su madre.

Pulgarcita

Hans Christian Andersen

É̲rase una mujer que anhelaba una niña chiquitina y, no sabiendo cómo obtenerla, fue a consultar a una vieja hechicera.

—Ardo en deseos de tener una niña chiquitina —le dijo—. ¿Podríais decirme qué he de hacer para conseguirlo?

—¡Oh! No hay cosa más fácil —contestó la bruja—. Aquí tienes un grano de cebada, muy distinta de la que se siembra en el campo o se da en el pienso a las bestias. Plántalo en una maceta y ya verás.

—Gracias —dijo la mujer, dando a la hechicera una moneda de plata por el grano. Y, llegando a su casa, lo encerró en una maceta. Inmediatamente nació y se desarrolló una flor magnífica, semejante a un tulipán de pétalos muy cerrados, como si aún estuviese en capullo

—¡Que flor tan preciosa! —exclamó la mujer, besando las rosas de color de ámbar y de púrpura que asomaban. Pero, no bien lo hubo hecho, el capullo se abrió, produciendo un ligero estallido. Era, en efecto, un tulipán, sin duda alguna; pero en la corola, sentada en el verde terciopelo de los estambres, aparecía una niña pequeñita, pequeñita, llena de gracia y gentileza, aunque apenas pasaba su estatura de la mitad de una pulgada, por cuya razón se le puso el nombre de Pulgarcita. Una cáscara de nuez, limpia como la plata, sirvió a Pulgarcita de cama, de hojas de violeta era su colchón y pétalos de rosa le hacían de cobertor. De noche dormía y de día jugaba por la mesa, donde la mujer había puesto un plato lleno de agua y ceñido de una guirnalda de flores con los tallos en el líquido. Flotaba en el plato una hoja de tulipán en la que solía instalarse Pulgarcita, haciéndola bogar de un lado a otro con ayuda de dos crines blancas de caballo, como remos. ¡Daba gozo mirarla! La niña cantaba con voz tan dulce y melodiosa, que nunca se había oído tan semejante.

Una noche, mientras dormía en su linda camita, entró un sapo saltando por la ventana, que tenía un cristal roto, y era un sapo muy feo, gordo y pegajoso. Fue a parar a la mesa, donde dormía Pulgarcita tapada con su sábana de pétalo de rosa.

—¡Qué bonita muchacha para casarla con mi hijo! —pensó el sapo. Y cogiendo la cáscara de nuez en que descansaba Pulgarcita, se la llevó al jardín, saltando por el mismo agujero.

Serpenteaban por allí un ancho arroyuelo cuya agua se filtraba en un espacio húmedo y casi pantanoso, donde vivía el sapo con su hijo. ¡Uf! Era éste tan feo y asqueroso como su madre.

—¡Croak, croak, bregue, quek! —fue cuanto supo decir el muy estúpido al ver aquella preciosidad de criatura en la cáscara de nuez.

—No hagas tanto ruido, que se despertará —dijo la vieja— y podría escapársenos, porque es tan ligera como un plumón de cisne. Vamos a ponerla en la charca sobre una de esas anchas hojas de nenúfar y será como una isla para ella, donde la tendremos segura mientras vamos al fondo de la charca a preparar la mejor habitación donde recibirla dignamente, como miembro de la familia.

En el arroyo crecían muchos nenúfares, cuyas verdes hojas parecían flotar en la superficie, y la más distante era también la más grande. El sapo viejo la eligió entre todas y se trasladó a ella nadando para depositar la cáscara de nuez en que seguía durmiendo Pulgarcita. La pobre niña se despertó muy temprano al día siguiente y, al verse en una hoja rodeada de agua por todas partes y sin manera de poder alcanzar la orilla, rompió en amargo llanto. El sapo viejo, así que acabó de arreglar la habitación para su nuera, decorándola con hojas de caña y pétalos de lirios acuáticos, nadó a la superficie en compañía de su horrendo hijo, en busca de la camita de Pulgarcita, para instalarla en la alcoba, de modo que no faltase nada para la boda, y aprovechó la oportunidad para hacer la presentación del novio. La madre saludó sacando la cabeza fuera del agua, y dijo:

—Este es mi hijo. Tendrás en él un marido excelente y viviréis felices bajo la charca.

—¡Croak, croak, bregue, quek! —fue lo único que supo decir el joven.

Luego, cogieron la diminuta cama y se la llevaron nadando al fondo; pero Pulgarcita se quedó sola llorando sobre la verde hoja, porque no quería vivir con gente tan rea, y menos casarse con aquel monstruo repugnante. Los pececillos que nadaban por allí y habían visto y oído a los sapos, sacaron la cabeza para ver a la niña. Y apenas la vieron, la juzgaron demasiado bonita para novia de un sapo estúpido. Aquel matrimonio era una monstruosidad que ellos no tolerarían. ¡No, no podía ser! Se reunieron todos alrededor del tallo que sostenía la hoja donde estaba Pulgarcita y, a fuerza de mordiscos, lo cortaron, dejando a flote la hoja que fue arrastrada por la corriente. Pronto se encontró la niña lejos, donde los sapos no podían darle alcance.

Pulgarcita navegó por varias ciudades, y los pajarillos que volaban de rama en rama, cantaban al verla: "¡Qué encanto de niña!". La hoja no cesaba de correr por el riachuelo, que se iba agrandando, y así viajó Pulgarcita hasta remotos países.

Una pintada mariposa que revoloteaba siempre a su lado acabó por posarse confiadamente sobre la hoja. Se había prendado de Pulgarcita, y ahora que los sapos ya no podían darle alcance la acompañaba en su alegría. Claro que contribuían a aumentarla aquellos parajes tan hermosos, donde el sol brillaba esplendoroso, bañando de dorados reflejos la superficie del agua. Pulgarcita se quitó el cinturón, ató uno de sus extremos a la mariposa, y el otro, a la hoja. Ésta se deslizó más rápida, remolcada por la mariposa.

Pero entonces, un grande saltón que por allí pasaba volando, vio a la niña y, cogiéndola por el talle con sus potentes garras, se la llevó a un árbol. La hoja continuó bogando riachuelo abajo, arrastrando ahora a la mariposa, que no podía desprenderse.

¡Qué angustia pasó la pobre Pulgarcita al verse arrebatada al árbol por el fiero saltón! Pero lo que más sufrimiento le daba era el pensar en la desventurada mariposa que, atada a la hoja, no podría desasirse y moriría de hambre, aquellas cuitas preocuparon muy poco al fiero saltón, que depositó su bella carga en la hoja más grande del árbol y la obsequió con la mejor miel de las flores, declarando que era muy bonita, aunque no competía su hermosura con un saltón. Pronto recibieron la visita de todos los saltones que vivían en el árbol. Examinaban a Pulgarcita, y las señoras saltonas volvían las antenas y decían:

—¡Qué fea es! ¡No tiene más que dos piernas!

—¡Ni una antena! —observaban.

—¡Y qué cintura tan estrecha! ¡Bah! Parece un ser humano. ¡Qué horror! —decían las señoras saltonas.

¡Y tan bonita como era Pulgarcita! Hasta el viejo saltón que la raptó lo había confesado; pero como todos sus compañeros decían que era fea, acabó por creerlo y no la quiso más: ya podía marcharse a donde le diera la gana. La cogieron y la bajaron del árbol para dejarla sobre una margarita. La pobre criatura lloraba al ver que, por su fealdad, ni los saltones le decían nada. Y no obstante, era la más encantadora criatura que pueda concebir la imaginación, y tan tierna como el más hermoso pétalo de rosa.

Vióse obligada a vivir todo el verano completamente sola en el bosque. Se construyó un lecho de briznas, colgándolo bajo una hoja grande de anémona para protegerse contra la lluvia. Chupaba la miel de las flores, por todo alimento, y bebía del rocío que cada mañana encontraba sobre las hojas. Así pasó el verano y el otoño, pero luego vinieron los fríos, los crudos fríos del invierno. Todos los pájaros que le habían dedicado tan bonitas canciones, emigraron; las flores y las hojas de los árboles se secaron y cayeron. La hoja de anémona bajo la cual colgaba su cama, se fue palideciendo, secando y abarquillando, hasta quedar hecha un palo duro, y ella tiritaba de frío, porque ya no llevaba más que andrajos y era tan pequeñita y frágil; ¡pobre Pulgarcita! Estuvo a punto de helarse. Empezó a nevar y cada copo que caía era como una palada que cayese sobre nosotros, que somos grandes, mientras que ella sólo alcanzaba una pulgada. Entonces se guareció sobre una hoja seca, pero no entró en calor y temblaba de frío.

En la linde del bosque se extendía un campo de trigo, pero hacía tiempo que se había segado la mies y nada más quedaba en rastrojo, que parecía un bosque de estacas clavadas en la tierra. ¡Oh! ¡Qué frío hacía también allí! Por fin llegó a la puerta de un ratón silvestre.

Era un agujero abierto bajo el rastrojo, que conducía al escondrijo del ratón, de calientes y cómodas habitaciones, con bien provisto granero, buena cocina y mejor despensa. La pobrecilla se quedó en la puerta como una mendiga, pidiendo la limosna de un grano de cebada, porque nada se había podido llevar a la boca en dos días.

—¡Pobre niña! —dijo el ratón, que tenía buenos sentimientos—. Entra, que te calentarás y comerás algo.

Y como Pulgarcita le fue muy simpática, le dijo de sobremesa:

—Si quieres, puedes quedarte todo el invierno, y no has de hacer más que limpiarme la casa y contarme cuentos, que me gustan mucho.

Pulgarcita aceptó con agradecimiento y la pasaba muy bien.

—Pronto tendremos una visita —dijo el ratón—. Mi vecino acostumbra a venir a verme un día a la semana. Es más rico que yo; tiene unas grandes habitaciones y lleva una pelliza negra lustrosa y finísima. Si lo pudieras atrapar por marido labrarías tu fortuna; pero es ciego y no te verá. Cuéntale todas esas historias tan preciosas que sabes.

Pulgarcita no se interesó gran cosa ni se hizo ilusiones con el vecino, que era un topo. Éste hizo su visita luciendo su casaca de negro terciopelo. El ratón lisonjeó al topo delante de Pulgarcilla, hablando de las riquezas y del talento del vecino, de que tenía una casa veinte veces más grande que la de él, de lo mucho que había aprendido, pero advirtiendo sinceramente que no le gustaba el sol ni las flores, y que se burlaba de ellas porque nunca las había visto.

Luego, la invitaron a cantar, y Pulgarcita entonó el "Saltón, vuela", y "El fraile va al campo". Al oír tan dulce voz, el topo se enamoró de la niña, pero no lo dio a entender, porque era un prudente varón.

En poco tiempo construyó un pasillo subterráneo entre su casa y la del ratón, e invitó a éste y a Pulgarcita a pasar cuando quisieran a sus habitaciones, advirtiéndoles que no se asustasen por encontrar en uno de los corredores un pajarito muerto. Era un pájaro de veras, con pico y alas, que sin duda había fallecido al empezar el invierno, y lo enterraron donde el topo acababa de construir el pasadizo.

El topo cogió con la boca un trozo de madera podrida que alumbraba como una linterna la oscuridad, y precedió a los invitados para que no tropezasen, en la lobreguez de aquel túnel. Al pasar por donde estaba el pajarito, el topo empujó con su fuerte hocico la tierra del techo y en seguida hizo un agujero por donde penetró la luz del sol, alumbrando el triste espectáculo de una golondrina muerta, con sus alas apretadas contra la pechuga, y la cabeza y las patas ocultas entre las plumas: señal de que la había matado el frío. Pulgarcita se conmovió profundamente al verla, porque quería mucho a las avecillas que en verano la saludaban cantando y trinando tan cariñosas: pero el topo le dio un golpe con sus patas de garfios, diciendo:

—Ya no piarás más. ¡Qué desgracia haber nacido pájaro! A Dios gracias ninguno de mis hijos lo será. En verano todo es cantar para ellos, y en invierno se mueren de hambre.

—Verdad será, cuando lo dice un varón tan experimentado —convino el ratón—. No sé de qué les aprovecha tanto piar si, cuando llega el invierno se han de morir de hambre o de frío. ¡Y dicen que eso es de buen gusto!

Pulgarcita no dijo una palabra; pero cuando los otros se alejaron, retrocedió, apartó las plumas que tapaban la cara del pajarito y le besó los ojillos cerrados.

—Acaso sea el que este verano me saludaba con sus gorjeos —pensó—. ¡Oh! ¡Cómo me alegraba la vida el dulce pajarito!

El topo se detuvo a la entrada de su casa e hizo los honores a sus huéspedes. Aquella noche, Pulgarcita no podía dormir. Se levantó, trenzó un tapiz de heno, lo rellenó de blando algodón que encontró en las habitaciones del ratón, y lo echó sobre el pájaro muerto, abrigándolo bien para que estuviera calientito.

—¡Adiós, hermoso pajarito! —dijo—. ¡Adiós! Y gracias por las delicias que me produjiste en verano con tus melodías, cuando los árboles eran tan verdes y el sol bajaba a calentarnos—. Y esto diciendo, apoyó su cabeza en el pecho de la golondrina. De pronto, sorprendióla notar el latido del corazón del animalito. El pájaro no estaba muerto, sino aletargado por el frío, y con el calor recobraba la vida.

Cuando viene el otoño todas las golondrinas parten a climas benignos, y si alguna retarda la marcha y el frío se apodera de ella, cae aterida como muerta y la nieve la cubre como una mortaja.

Pulgarcita temblaba de miedo, porque el pájaro era muy grande a su lado; pero se revistió de valor, apretó bien el cobertor para que no le entrase frío, fue a buscar una hoja de hierbabuena que a ella le servía de colcha, y la puso sobre la cabeza del pajarito.

Al día siguiente por la noche, volvió a verlo y lo encontró vivo, pero tan débil, que sólo pudo abrir los ojos al momento para mirar a su protectora, que le velaba con un pedazo de madera podrida, a falta de otra luz.

—Gracias, hermosa Pulgarcita —dijo con voz apagada la enferma—. Estoy tan ricamente y tan calientita, que espero recobrar pronto las fuerzas y poder volar a la luz del sol.

Viendo tan animada a la golondrina le trajo agua en el pétalo de una flor, y la enferma después de beber, contó que se había lastimado un ala en una zarza espinosa, y no le fue posible seguir a las otras en su rápido vuelo a tierras cálidas. Por más esfuerzos que hizo, cayó a tierra y no recordaba cómo fue a parar donde le había encontrado.

Durante todo el invierno, Pulgarcita cuidó a la golondrina con la solicitud y ternura de una hermana, sin decir una palabra de sus idas y venidas al topo y al ratón, que no simpatizaban con el pajarito. Y en cuanto llegó la primavera y el sol acarició la tierra con sus rayos, la golondrina se despidió de Pulgarcita y ésta agrandó el agujero que el topo abriera con su hocico. El sol entró de lleno inundándolo de luz y la golondrina propuso a Pulgarcita que se fuese con ella; podía montar en sus alas y volarían las dos al verde bosque. Pero Pulgarcita pensó que el ratón silvestre podría agraviarse si lo abandonaba sin más, y dijo:

—No, no puedo.

—¡Adiós, pues, adiós, tierna y preciosa niña! —dijo la golondrina, y se lanzó al espacio. Pulgarcita la siguió en la mirada y las lágrimas nublaron sus ojos porque quería entrañablemente a la golondrina que se alejaba.

—¡Qui-vit, qui-vit! —cantó el pájaro, mandándole su último saludo antes de perderse en la espesura del bosque.

Pulgarcita estaba muy triste porque no le permitían salir a tomar el sol. Habían sembrado trigo sobre la madriguera del ratón, y la mies crecida era como un bosque intrincadísimo por donde no podía andar la chiquitina sin perderse.

—Has de preparar tu equipo de novia para casarte este año —le dijo el ratón, porque el cargante de su vecino, muy acicalado con una fina casaca de negro terciopelo, se había presentado a pedir su mano—, te hacen falta vestidos de lana y ropa blanca. Para ser mujer del topo, es preciso que tengas algo más que lo puesto.

Pulgarcita tuvo que hilar, y el topo contrató cuatro arañas que tejían para ella sin descanso. El topo la visitaba cada noche, y siempre decía que cuando pasaba el verano, el sol no calentaría tanto; porque, a la sazón, la tierra abrazaba y se endurecería como una piedra. Sí, había que aguardar que pasara el verano para celebrar su boda con Pulgarcita. Pero ésta iba languideciendo en su tristeza porque no quería al fastidioso topo.

Cada día, por la mañana, al salir el sol, y por la tarde, cuando se ponía, se escapaba hasta la puerta, y si el viento soplaba separando las espigas y dejándola ver el cielo azul, se entusiasmaba con la claridad y la hermosura de que se revestía todo lo que de allí fuera, y su tierno corazón aceleraba los latidos por el deseo de ver otra vez a su querida golondrina. Pero, ¡ah!, no volvía, distraía sin duda en la delicia de volar por la frondosidad del bosque.

—Dentro de cuatro semanas será tu boda —le anunció el ratón.

Pulgarcita comenzó a llorar, declarando que no quería casarse con aquel fastidioso topo.

—¡Caprichos de niñas tontas! —reconvino el ratón—. Mira, no te pongas terca. ¿Dónde encontrarás un novio más distinguido? Ni la misma reina lleva un abrigo de pieles más rico que el suyo, y además tiene llenas la cocina y la bodega. ¡Agradecida tendrías que estarle!

Llegó el día de la boda y se presentó el topo para llevarse a Pulgarcita, la cual había de vivir con él bajo la tierra sin salir nunca a tomar el sol, porque a él no le gustaba. La niña estaba consternada. Ya sólo le quedaba el consuelo de despedirse del hermoso sol, gracia que le fue otorgada por el ratón después de mucho suplicar, a condición de que no pasase la puerta.

—¡Adiós, sol esplendoroso! —le dijo levantando los brazos al cielo y alejándose unos pasos de la puerta, pues ya habían segado y el campo estaba en rastrojo—. ¡Adiós, adiós! —repitió, abrazando a una amapola. Si ves a la golondrina dile cuánto la quiero.

—¡Qui-vit, qui-vit! —oyó sobre su cabeza. Levantó los ojos y conoció a la golondrina, que pasaba volando por allí. En cuanto el pájaro vio a Pulgarcita se puso muy contento, y ella le contó la pena que tenía porque la casaban con un topo muy feo, obligándola a vivir bajo la tierra, privada de la luz del sol. Y al decir esto, no pudo contener las lágrimas.

—Se acerca el invierno —dijo la golondrina— y yo he de partir a países más cálidos. ¿Quieres venir conmigo? Súbete a mi espalda. Átate bien con el cinturón y huiremos del feo topo muy lejos, a través de las montañas, a regiones donde el sol brilla más que aquí, donde reina una eterna primavera y hay flores hermosísimas. Sí, vuela conmigo, querida Pulgarcita, tú que me salvaste la vida cuando me encontraste yerta en aquel oscuro pasadizo.

—Te acompaño —dijo Pulgarcilla.

Se sentó en la espalda del pájaro, pasando las piernas entre las alas, y se ató fuertemente a una de las más recias plumas. Entonces la golondrina voló por encima de los bosques y de los mares, por encima de las más altas montañas cubiertas de nieves perpetuas, y Pulgarcita se libraba del frío acurrucándose bajo las plumas del pájaro sacando sólo la cabeza para no privarse de los magníficos panoramas que se ofrecían a su vista.

Por fin llegaron a las regiones cálidas, donde el sol brillaba más intenso y el cielo parecía dos veces más alto; donde los campos tenían setos de verdura de pámpanos prendidos de uvas y bosques de limoneros y naranjos; donde el aire estaba embalsamado de mirtos de madreselva, y por los senderos corrían niños encantadores jugando con mariposas sorprendentes por su grandeza y hermosura. La golondrina siguió volando y el paisaje era cada vez más vistoso. Por fin llegaron a un lago azul y transparente, rodeado de magnífica arboleda y a orillas del cual se levantaba un vetusto palacio de mármol de cegadora blancura. Los emparrados trenzaban caprichosamente sus sarmientos por las columnatas de las galerías, en cuyo techo habían fabricado su nido gran número de golondrinas, y en uno de ellos vivía la que llevaba a Pulgarcita.

—Esta es mi casa —dijo el pájaro—, pero si prefieres una flor, te dejaré dentro del cáliz de una de esas tan hermosas que crecen en el jardín, y serás tan feliz como puedas desear.

—¡Será delicioso! —aceptó la niña palmoteando de gozo.

Una blanca columna derribada y partida en tres pedazos, perdíase casi a la vista, sepultada en frondosa vegetación; y entre los intersticios crecían las flores más grandes y hermosas que Pulgarcita había podido admirar en su vida. La golondrina dejó a su amiguita en una de ancho cáliz. ¡Oh, sorpresa! En el centro de la flor había un doncel de su misma estatura, blanco y transparente como si fuera de cristal; ceñía sus sienes una corona de oro y dos alas de luz adornaban su espalda. Era el ángel de la flor. En cada cáliz había un ser tan delicado y diminuto como él, de uno u otro sexo; pero éste era el Rey de aquel pueblo maravilloso.

—¡Dios mío! ¡Qué hermoso es! —suspiró Pulgarcita a oídos de la golondrina.

El príncipe se asustó mucho ante este pájaro gigantesco, pero cuando vio a Pulgarcita, no tuvo límites su alegría, pues era la doncellita más preciosa que había conocido. Tan profunda y gratamente le impresionó su belleza, que se quitó la corona y la puso en la frente de la recién llegada, le preguntó su nombre y si quería ser su esposa y Reina de todas las flores. ¡Qué diferencia entre este hermoso doncel y el sapo estúpido o el topo fastidioso, con su abrigo de rica piel! Sin vacilar contestó que sí, y al punto salieron de todas las flores damas y caballeros tan lujosamente vestidos, que era gloria contemplarlos. Cada uno ofreció a Pulgarcita un regalo, y el mejor de todos fue un par de alas de mariposa blanca, que prendidas a la espalda, le permitían volar de flor en flor. Hubo gran regocijo y, desde

su nido, la golondrina dedicó a los novios el mejor re-
pertorio de sus cantos, aunque en el fondo de su corazón sentía la tristeza de no poder vivir siempre en compañía de Pulgarcita.

—No has de llamarte Pulgarcita —dijo el ángel de
la flor—, que es un nombre muy feo y tú eres muy bonita. Nosotros te llamaremos Maya.

—¡Hasta la vista! ¡Hasta la vista! —cantó la golondrina, despidiéndose de aquellas tierras ardorosas para
volver a Dinamarca. Tenía el nido sobre la ventana del
hombre que sabe contar cuentos de hadas. Se lo contó todo: "¡Qui-vit, qui-vit!", y por él ha llegado a nosotros.

Riquet el del copete

Charles Perrault

Mucho antes de que nuestras abuelas hubiesen nacido, la reina de cierto país de la India tuvo un hijo tan feo y tan contrahecho que mucho se dudó si tendría forma humana. Un hada, que asistió a su nacimiento, aseguró que el niño no dejaría de tener gracia pues sería muy inteligente, y agregó que en virtud del don que acababa de concederle, él podría darle tanta inteligencia como la propia a la persona que más quisiera.

Todo esto consoló un poco a la pobre reina que estaba muy afligida por haber procreado un bebé tan feo. Es cierto que este niño, no bien empezó a hablar, decía mil cosas lindas, y había en todos sus actos algo tan espiritual que irradiaba encanto. Olvidaba decir que vino al mundo con un copete de pelo en la cabeza, así es que lo llamaron Riquet-el-del-Copete, pues Riquet era el nombre de familia.

Al cabo de siete u ocho años, la reina de un reino vecino dio a luz dos hijas. La primera que llegó al mundo era más bella que el día; la reina se sintió tan contenta que llegaron a temer que esta inmensa alegría le hicie-

ra mal. Se hallaba presente la misma hada que había asistido al nacimiento del pequeño Riquet-el-del-Copete, y para moderar la alegría de la reina le declaró que esta princesita no tendría inteligencia, que sería tan estúpida como hermosa. Esto mortificó mucho a la reina; pero algunos momentos después tuvo una pena mucho mayor, pues la segunda hija que dio a luz resultó extremadamente fea.

—No debe afligirse, señora —le dijo el hada— su hija tendrá una compensación: estará dotada de tanta inteligencia que casi no se notará su falta de belleza.

—Dios lo quiera —contestó la reina—; pero, ¿no había forma de darle un poco de inteligencia a la mayor que es tan hermosa?

—No tengo ningún poder, señora, en cuanto a la inteligencia, pero puedo hacerlo por el lado de la belleza; y como nada dejaría yo de hacer por su satisfacción, le otorgaré el don de volver hermosa a la persona que le guste.

A medida que las princesas fueron creciendo, sus perfecciones crecieron con ellas, y por doquier no se hablaba más que de la belleza de la mayor y de la inteligencia de la menor. Es cierto que también sus defectos aumentaron mucho con la edad. La menor se ponía cada día más fea, y la mayor cada vez más estúpida. O no contestaba lo que le preguntaban, o decía una tontería. Era además tan torpe que no habría podido colocar cuatro porcelanas en el borde de una chimenea sin quebrar una, ni beber un vaso de agua sin derramar la mitad en sus vestidos.

Aunque la belleza sea una gran ventaja para una joven, la menor, sin embargo, se destacaba casi siempre sobre su hermana en las reuniones. Al principio, todos se acercaban a la mayor para verla y admirarla, pero muy pronto iban al lado de la más inteligente, para escucharla decir mil cosas ingeniosas; y era motivo de asombro ver que en menos de un cuarto de hora la mayor no tenía ya a nadie a su lado y que todo el mundo estaba rodeando a la menor. La mayor, aunque era bastante tonta, se dio cuenta, y habría dado sin pena toda su belleza por tener la mitad del ingenio de su hermana.

La reina, aunque era muy prudente, no podía a veces dejar de reprocharle su tontera, con lo que esta pobre princesa casi se moría de pena. Un día que se había refugiado en un bosque para desahogar su desgracia, vio acercarse a un hombre bajito, muy feo y de aspecto desagradable, pero ricamente vestido. Era el joven príncipe Riquet-el-del-Copete que, habiéndose enamorado de ella por sus retratos que circulaban profusamente, había partido del reino de su padre para tener el placer de verla y de hablar con ella.

Encantado de encontrarla así, completamente sola, la abordó con todo el respeto y cortesía imaginables.

Habiendo observado, luego de decirle las amabilidades de rigor, que ella estaba bastante melancólica, él le dijo:

—No comprendo, señora, cómo una persona tan bella como usted puede estar tan triste como parece; pues, aunque pueda vanagloriarme de haber visto una infinidad de personas hermosas, debo decir que jamás he visto a alguien cuya belleza se acerque a la suya.

—Usted lo dice complacido, señor —contestó la princesa, y no siguió hablando.

—La belleza —replicó Riquet-el-del-Copete—, es una ventaja tan grande que compensa todo lo demás, y cuando se tiene, no veo que haya nada capaz de afligirnos.

—Preferiría —dijo la princesa—, ser tan fea como usted y tener inteligencia, que tener tanta belleza como yo, y ser tan estúpida como soy.

—Nada hay, señora, que denote más inteligencia que creer que no se tiene, y es de la naturaleza misma de este bien que mientras más se tiene, menos se cree tener.

—No sé nada de eso —dijo la princesa— pero sí sé que soy muy tonta, y de ahí viene esta pena que me mata.

—Si es sólo eso lo que le aflige, puedo fácilmente poner fin a su dolor.

—¿Y cómo lo hará? —dijo la princesa.

—Tengo el poder, señora —dijo Riquet-el-del-Copete— de otorgar cuanta inteligencia es posible a la persona que más llegue a amar, y como es usted, señora, esa persona, de usted dependerá que tenga tanto ingenio como se puede tener, si consiente en casarse conmigo.

La princesa quedó atónita y no contestó nada.

—Veo —dijo Riquet-el-del-Copete— que esta proposición le causa pena, y no me extraña; pero le doy un año entero para decidirse.

La princesa tenía tan poca inteligencia, y a la vez tantos deseos de tenerla, que se imaginó que el término del año no llegaría nunca; de modo que aceptó la proposición que se le hacía.

Tan pronto como prometiera a Riquet-el-del-Copete que se casaría con él dentro de un año exactamente, se sintió como otra persona; le resultó increíblemente fácil decir todo lo que quería y decirlo de una manera fina, suelta y natural. Desde ese mismo instante inició con Riquet-el-del-Copete una conversación graciosa y sostenida, en que se lució tanto que Riquet-el-del-Copete pensó que le había dado más inteligencia de la que había reservado para sí mismo.

Cuando ella regresó al palacio, en la corte no sabían qué pensar de este cambio tan repentino y extraordinario, ya que por todas las sandeces que se le habían oído anteriormente, se le escuchaban ahora otras tantas cosas sensatas y sumamente ingeniosas. Toda la corte se alegró a más no poder; sólo la menor no estaba muy contenta pues, no teniendo ya sobre su hermana la ventaja de la inteligencia, a su lado no parecía ahora más que una alimaña desagradable. El rey tomaba en cuenta sus opiniones, y aun a veces celebraba el consejo en sus aposentos.

Habiéndose difundido la noticia de este cambio, todos los jóvenes príncipes de los reinos vecinos se esforzaban por hacerse amar, y casi todos la pidieron en matrimonio; pero ella encontraba que ninguno tenía inteligencia suficiente, y los escuchaba a todos sin comprometerse. Sin embargo, se presentó un pretendiente tan poderoso, tan rico, tan genial y tan apuesto que no pudo refrenar una inclinación hacia él. Al notarlo, su padre le dijo que ella sería dueña de elegir a su esposo y no tenía más que declararse. Pero como mientras más inteligencia se tiene más cuesta tomar una resolución definitiva en esta materia, ella luego de agradecer a su padre, le pidió un tiempo para reflexionar.

Fue casualmente a pasear por el mismo bosque donde había encontrado a Riquet-el-del-Copete, a fin de meditar con tranquilidad sobre lo que haría. Mientras se paseaba, hundida en sus pensamientos, oyó un ruido sordo bajo sus pies, como de gente que va y viene y está en actividad. Escuchando con atención, oyó que alguien decía: "Tráeme esa marmita"; otro: "Dame esa caldera"; y el otro: "Echa leña a ese fuego". En ese momento la tierra se abrió, y pudo ver, bajo sus pies, una especie de enorme cocina llena de cocineros, pinches y toda clase de servidores como para preparar un magnífico festín. Salió de allí un grupo de unos veinte encargados de las carnes que fueron a instalarse en un camino del bosque alrededor de un largo mesón quienes, tocino en mano, y cola de zorro en la oreja, se pusieron a trabajar rítmicamente al son de una armoniosa canción.

La princesa, asombrada ante tal espectáculo, les preguntó para quién estaban trabajando.

—Es —contestó el que parecía el jefe— para el príncipe Riquet-el-del-Copete, cuyas bodas se celebrarán mañana.

La princesa, más asombrada aún, y recordando de pronto que ese día se cumplía un año en que había prometido casarse con el príncipe Riquet-el-del-Copete, casi se cayó de espaldas. No lo recordaba porque, cuando hizo tal promesa, era estúpida, y al recibir la inteligencia que el príncipe le diera, había olvidado todas sus tonterías.

No había alcanzado a caminar treinta pasos continuando su paseo, cuando Riquet-el-del-Copete se presentó ante ella, elegante, magnífico, como un príncipe que se va a casar.

—Aquí me ve, señora —dijo él— puntual para cumplir con mi palabra, y no dudo que usted esté aquí para cumplir con la suya y, al concederme su mano, hacerme el más feliz de los hombres.

—Le confieso francamente —respondió la princesa— que aún no he tomado una resolución al respecto, y no creo que jamás pueda tomarla en el sentido que usted desea.

—Me sorprende, señora —le dijo Riquet-el-del-Copete.

—Pues eso creo —replicó la princesa— y seguramente si tuviera que habérmelas con un patán, un hombre sin finura, estaría harto confundida. Una princesa no tiene más que una palabra, me diría él, y se casará conmigo puesto que así lo prometió. Pero como el que está hablando conmigo es el hombre más inteligente del mundo, estoy segura que atenderá razones. Usted sabe que cuando yo era sólo una tonta, no pude resolverme a aceptarlo como esposo; ¿cómo quiere que teniendo la lucidez que usted me ha otorgado, que me ha hecho aún más exigente respecto a las personas, tome hoy una resolución que no pude tomar en aquella época? Si pensaba casarse conmigo de todos modos, ha hecho mal en quitarme mi simpleza y permitirme ver más claro que antes.

—Puesto que un hombre sin genio —respondió Riquet-el-del-Copete— estaría en su derecho, según acaba de decir, al reprochar su falta de palabra, ¿por qué quiere, señora, que no haga uno de él, yo también, en algo que'significa toda la dicha de mi vida? ¿Es acaso razonable que las personas dotadas de inteligencia estén en peor condición que los que no la tienen? ¿Puede pretenderlo, usted que tiene tanta y que tanto deseó tenerla? Pero vamos a los hechos, por favor. ¿Aparte de mi fealdad, hay alguna cosa en mí que le desagrade? ¿Le disgustan mi origen, mi carácter, mis modales?

—De ningún modo —contestó la princesa— me agrada en usted todo lo que acaba de decir.

—Si es así —replicó Riquet-el-del-Copete— seré feliz, ya que usted puede hacer de mí el más atrayente de los hombres.

—¿Cómo puedo hacerlo? —le dijo la princesa.

—Ello es posible —contestó Riquet-el-del-Copete— si me ama lo suficiente como para desear que así sea; y para que no dude, señora, ha de saber que la misma hada que al nacer yo, me otorgó el don de hacer inteligente a la persona que yo quisiera, le otorgó a usted el don de darle belleza al hombre que ame si quisiera concederle tal favor.

—Si es así —dijo la princesa— deseo con toda mi alma que se convierta en el príncipe más hermoso y más atractivo del mundo, y le hago este don en la medida en que soy capaz.

Apenas la princesa hubo pronunciado estas palabras, Riquet-el-del-Copete apareció ante sus ojos el hombre más hermoso, más apuesto y más agradable que jamás hubiera visto. Algunos aseguran que no fue el hechizo del hada, sino el amor lo que operó esta metamorfosis. Dicen que la princesa, habiendo reflexionado sobre la perseverancia de su amante, sobre su discreción y todas las buenas cualidades de su alma y de su espíritu, ya no vio la deformidad de su cuerpo, ni la fealdad de su rostro; que su joroba ya no le pareció sino la postura de un hombre que se da importancia, y su cojera tan notoria hasta entonces a los ojos de ella, la veía ahora como un ademán, que sus ojos bizcos le parecían aún más penetrantes, en cuya alteración veía el signo de un violento exceso de amor y, por último, que su gruesa nariz enrojecida tenía algo de heroico y marcial.

Comoquiera que fuese, la princesa le prometió en el acto que se casaría con él, siempre que obtuviera el consentimiento del rey su padre.

El rey, sabiendo que su hija sentía gran estimación por Riquet-el-del-Copete, a quien, por lo demás, él consideraba un príncipe muy inteligente y muy sabio, lo recibió complacido como yerno.

Al día siguiente mismo se celebraron las bodas, tal como Riquet-el-del-Copete lo tenía previsto, y de acuerdo con las órdenes que había impartido con mucha anticipación.

La camisa del hombre feliz

León Tolstoi

En las lejanas tierras del norte, hace mucho tiempo, vivió un zar que enfermó gravemente. Reunió a los mejores médicos de todo el imperio, que le aplicaron todos los remedios que conocían y otros nuevos que inventaron sobre la marcha, pero lejos de mejorar, el estado del zar parecía cada vez peor.

Le hicieron tomar baños calientes y fríos, ingirió jarabes de eucalipto, menta y plantas exóticas traídas en caravanas de lejanos países. Le aplicaron ungüentos y bálsamos con los ingredientes más insólitos, pero la salud del zar no mejoraba. Tan desesperado estaba el hombre que prometió la mitad de lo que poseía a quien fuera capaz de curarle.

El anuncio se propagó rápidamente, pues las pertenencias del gobernante eran cuantiosas, y llegaron médicos, magos y curanderos de todas partes del globo terráqueo para intentar devolver la salud al zar. Sin embargo, fue un trovador quien pronunció:

—Yo sé el remedio, la única medicina para vuestros males, Señor. Sólo hay que buscar a un hombre feliz: vestir su camisa es la cura a vuestra enfermedad.

Partieron emisarios del zar hacia todos los confines de la Tierra, pero encontrar a un hombre feliz no era tarea fácil: aquel que tenía salud echaba en falta el dinero, quien lo poseía, carecía de amor, y quien lo tenía se quejaba de los hijos.

Pero una tarde, los soldados del zar pasaron junto a una pequeña choza en la que un hombre descansaba sentado junto a la lumbre de la chimenea, el cual comentaba:

—¡Qué bella es la vida!—, con el trabajo realizado, una salud de hierro, y afectuosos amigos y familiares, ¿qué más podría pedir?

Al enterarse en palacio de que por fin habían encontrado un hombre feliz, se extendió la alegría. El hijo mayor del zar ordenó inmediatamente:

—Traed prestamente la camisa de ese hombre. ¡Ofrecedle a cambio lo que pida!

En medio de una gran algarabía, comenzaron los preparativos para celebrar la inminente recuperación del gobernante.

Grande era la impaciencia de la gente por ver volver a los emisarios con la camisa que curaría a su gobernante, pero cuando por fin llegaron, traían las manos vacías:

—¿Dónde está la camisa del hombre feliz? ¡Es necesario que la vista mi padre!

—Señor —contestaron apenados los mensajeros—, el hombre feliz no tiene camisa.

El hombre de nieve

Hans Christian Andersen

—¡Cómo cruje dentro de mi cuerpo! ¡Realmente hace un frío delicioso! —exclamó el hombre de nieve—. ¡Es bien verdad que el viento cortante puede infundir vida en uno! ¿Y dónde está aquel abrasador que mira con su ojo enorme?

Se refería al Sol, que en aquel momento se ponía.

—¡No me hará parpadear! Todavía aguanto firmes mis terrones.

Le servían de ojos dos pedazos triangulares de teja. La boca era un trozo de un rastrillo viejo; por eso tenía dientes.

Había nacido entre los hurras de los chiquillos, saludado con el sonar de cascabeles y el chasquear de látigos de los trineos.

Acabó de ocultarse el Sol, salió la Luna, una Luna llena, redonda y grande, clara y hermosa en el aire azul.

—Otra vez ahí, y ahora sale por el otro lado —dijo el hombre de nieve. Creía que era el Sol que volvía a aparecer—. Le hice perder las ganas de mirarme con su ojo desencajado. Que cuelgue ahora allá arriba envian-

do la luz suficiente para que yo pueda verme. Sólo quisiera saber la forma de moverme de mi sitio; me gustaría darme un paseo. Sobre todo, patinar sobre el hielo,
como vi que hacían los niños. Pero en cuestión de andar soy un zoquete.

—¡Fuera, fuera! —ladró el viejo mastín. Se había
vuelto algo ronco desde que no era perro de interior y
no podía tumbarse junto a la estufa—. ¡Ya te enseñará
el Sol a correr! El año pasado vi cómo lo hacía con tu
antecesor. ¡Fuera, fuera, todos fuera!

—No te entiendo, camarada —dijo el hombre de
nieve—. ¿Es acaso aquel de allá arriba el que tiene que
enseñarme a correr?

Se refería a la Luna.

—La verdad es que corría, mientras yo lo miraba fijamente, y ahora vuelve a acercarse desde otra dirección.

—¡Tú qué sabes! —replicó el mastín—. No es de
extrañar, pues hace tan poco que te amasaron. Aquello
que ves allá es la Luna, y lo que se puso era el Sol. Mañana por la mañana volverá, y seguramente te enseñará a bajar corriendo hasta el foso de la muralla. Pronto
va a cambiar el tiempo. Lo intuyo por lo que me duele
la pata izquierda de detrás. Tendremos cambio.

"No lo entiendo —dijo para sí el hombre de nieve—, pero tengo el presentimiento de que insinúa algo
desagradable. Algo me dice que aquel que me miraba
tan fijamente y se marchó, al que él llama Sol, no es un
amigo de quien pueda fiarme."

—¡Fuera, fuera! —volvió a ladrar el mastín, y, dando tres vueltas, se metió a dormir en la perrera.

Efectivamente, cambió el tiempo. Por la mañana, una niebla espesa, húmeda y pegajosa, cubría toda la región. Al amanecer empezó a soplar el viento, un viento helado; el frío calaba hasta los huesos, pero ¡qué maravilloso espectáculo en cuanto salió el Sol! Todos los árboles y arbustos estaban cubiertos de escarcha; parecía un bosque de blancos corales. Se habría dicho que las ramas estaban revestidas de deslumbrantes flores blancas. Las innúmeras ramillas, en verano invisibles por las hojas, destacaban ahora con toda precisión; era un encaje cegador, que brillaba en cada ramita. El abedul se movía a impulsos del viento; había vida en él, como la que en verano anima a los árboles. El espectáculo era de una magnificencia incomparable. Y ¡cómo refulgía todo, cuando salió el Sol! Parecía que hubiesen espolvoreado el paisaje con polvos de diamante, y que grandes piedras preciosas brillasen sobre la capa de nieve. El centelleo hacía pensar en innúmeras lucecitas ardientes, más blancas aún que la blanca nieve.

—¡Qué incomparable belleza! —exclamó una muchacha, que salió al jardín en compañía de un joven, y se detuvo junto al hombre de nieve, desde el cual la pareja se quedó contemplando los árboles rutilantes.

—Ni en verano es tan bello el espectáculo —dijo, con ojos radiantes.

—Y entonces no se tiene un personaje como éste —añadió el joven, señalando al hombre de nieve—. ¡Maravilloso!

La muchacha sonrió, y dirigiendo un gesto con la cabeza al muñeco, se puso a bailar con su compañero en la nieve, que crujía bajo sus pies como si pisaran almidón.

—¿Quiénes eran esos dos? —preguntó el hombre de nieve al perro—. Tú que eres más viejo que yo en la casa, ¿los conoces?

—Claro —respondió el mastín—. La de veces que ella me ha acariciado y me ha dado huesos. No le muerdo nunca.

—Pero, ¿qué hacen aquí? —preguntó el muñeco.

—Son novios —gruñó el can—. Se instalarán en una perrera a roer huesos. ¡Fuera, fuera!

—¿Son tan importantes como tú y como yo? —siguió inquiriendo el hombre de nieve.

—Son familia de los amos —explicó el perro—. Realmente saben pocas cosas los recién nacidos, a juzgar por ti. Yo soy viejo y tengo relaciones; conozco a todos los de la casa. Hubo un tiempo en que no tenía que estar encadenado a la intemperie. ¡Fuera, fuera!

—El frío es magnífico —respondió el hombre de nieve—. ¡Cuéntame, cuéntame! Pero no hagas tanto ruido con la cadena, que me haces crujir.

—¡Fuera, fuera! —ladró el mastín—. Yo era un perrillo muy lindo, según decían. Entonces vivía en el interior del castillo, en una silla de terciopelo, o yacía sobre el regazo de la señora principal. Me besaban en el hocico y me secaban las patas con un pañuelo bordado. Me llamaban "guapísimo", "perrillo mono" y otras cosas. Pero luego pensaron que crecía demasiado, y me entregaron al ama de llaves. Fui a parar a la vivienda del sótano; desde ahí puedes verla, con el cuarto donde yo era dueño y señor, pues de verdad lo era en casa del ama. Cierto que era más reducido que arriba, pero más cómodo; no me fastidiaban los niños arrastrándome de aquí para allá. Me daban de comer tan bien como arriba y en mayor cantidad. Tenía mi propio almohadón, y además había una estufa que, en esta época precisamente, era lo mejor del mundo. Me metía debajo de ella y desaparecía del todo. ¡Oh, cuántas veces sueño con ella todavía! ¡Fuera, fuera!

—¿Tan hermosa es una estufa? —preguntó el hombre de nieve ¿Se me parece?

—Es exactamente lo contrario de ti. Es negra como el carbón, y tiene un largo cuello con un cilindro de latón. Devora leña y vomita fuego por la boca. Da gusto estar a su lado, o encima o debajo; esparce un calor de lo más agradable. Desde donde estás puedes verla a través de la ventana.

El hombre de nieve echó una mirada y vio, en efecto, un objeto negro y brillante, con una campana de latón. El fuego se proyectaba hacia fuera, desde el suelo. El hombre experimentó una impresión rara; no era capaz de explicársela. Le sacudió el cuerpo algo que no conocía, pero que conocen muy bien todos los seres humanos que no son muñecos de nieve.

—¿Y por qué la abandonaste? —preguntó el hombre. Algo le decía que la estufa debía ser del sexo femenino—. ¿Cómo pudiste abandonar tan buena compañía?

—Me obligaron —dijo el perro—. Me echaron a la calle y me encadenaron. Había mordido en la pierna al señorito pequeño, porque me quitó un hueso que estaba royendo. ¡Pata por pata!, éste es mi lema. Pero lo tomaron a mal, y desde entonces me paso la vida preso aquí, y he perdido mi voz sonora. Fíjate en lo ronco que estoy: ¡fuera, fuera! Y ahí tienes el fin de la canción.

El hombre de nieve ya no lo escuchaba. Fijando la mirada en la vivienda del ama de llaves, contemplaba la estufa sostenida sobre sus cuatro pies de hierro, tan voluntariosa como él mismo.

—¡Qué manera de crujir este cuerpo mío! —dijo—. ¿No me dejarán entrar? Es un deseo inocente, y nuestros deseos inocentes debieran verse cumplidos. Es mi mayor anhelo, el único que tengo; sería una injusticia que no se me permitiese satisfacerlo. Quiero entrar y apoyarme en ella, aunque tenga que romper la ventana.

—Nunca entrarás allí —dijo el mastín—. ¡Apañado estarías si lo hicieras!

—Ya casi lo estoy —dijo el hombre—; creo que me derrumbo.

El hombre de nieve permaneció en su lugar todo el día, mirando por la ventana. Al anochecer, el aposento se volvió aún más acogedor. La estufa brillaba suavemente, más de lo que pueden hacerlo la Luna y el Sol, con aquel brillo exclusivo de las estufas cuando tienen algo dentro. Cada vez que le abrían la puerta escupía una llama; tal era su costumbre. El blanco rostro del hombre de nieve quedaba entonces teñido de un rojo ardiente, y su pecho despedía también un brillo rojizo.

—¡No resisto más! —dijo—. ¡Qué bien le sienta eso de sacar la lengua!

La noche fue muy larga, pero al hombre no se lo pareció. La pasó absorto en dulces pensamientos, que se le helaron dando crujidos.

Por la madrugada, todas las ventanas del sótano estaban heladas, recubiertas de las más hermosas flores que nuestro hombre pudiera soñar; sólo que ocultaban la estufa. Los cristales no se deshelaban, y él no podía ver a su amada. Crujía y rechinaba; el tiempo era ideal para un hombre de nieve, y, sin embargo, no estaba contento. Debería haberse sentido feliz, pero no lo era; sentía nostalgia de la estufa.

—Es una mala enfermedad para un hombre de nieve —dijo el perro—. También yo la padecí un tiempo, pero me curé. ¡Fuera, fuera! Ahora tendremos cambio de tiempo.

Y, efectivamente, así fue. Comenzó el deshielo.

El deshielo aumentaba, y el hombre de nieve decrecía. No decía nada ni se quejaba, y éste es el más elocuente síntoma de que se acerca el fin.

Una mañana se desplomó. En su lugar quedó un objeto parecido a un palo de escoba. Era lo que había servido de núcleo a los niños para construir el muñeco.

—Ahora comprendo su anhelo —dijo el perro mastín—. El hombre tenía un atizador en el cuerpo. De ahí venía su inquietud. Ahora la ha superado. ¡Fuera, fuera!

Y poco después quedó también superado el invierno.

—¡Fuera, fuera! —ladraba el perro; pero las chiquillas, en el patio, cantaban:

Brota, asperilla, flor mensajera;
cuelga, sauce, tus lanosos mitones;
cuclillo, alondra, envíennos canciones;
febrero, viene ya la primavera.
Cantaré con ustedes
y todos se unirán al jubiloso coro.
¡Baja ya de tu cielo, oh, sol de oro!
¡Quién se acuerda hoy del hombre de nieve!

Los tres anillos

Giovanni Boccaccio

Años atrás vivió un hombre llamado Saladino, cuyo valor era tan grande que llegó a sultán de Babilonia, y alcanzó muchas victorias sobre los reyes sarracenos y cristianos. Habiendo gastado todo su tesoro en diversas guerras y en sus incomparables magnificencias, y como le hacía falta, para un compromiso que le había sobrevenido, una fuerte suma de dinero, y no veía de dónde lo podía sacar tan pronto como lo necesitaba, le vino a la memoria un acaudalado judío llamado Melquisedec, que prestaba con usura en Alejandría, y creyó que éste hallaría el modo de servirle, si accedía a ello; mas era tan avaro, que por su propia voluntad jamás lo habría hecho, y el sultán no quería emplear la fuerza; por lo que, apremiado por la necesidad y decidido a encontrar la manera de que el judío le sirviese, resolvió hacerle una consulta que tuviese las apariencias de razonable. Y habiéndolo mandado llamar, lo recibió con familiaridad y lo hizo sentar a su lado, y después le dijo:

—Buen hombre, a muchos he oído decir que eres muy sabio y muy versado en el conocimiento de las cosas de Dios, por lo que me gustaría que me dijeras cuál de las tres religiones consideras que es la verdadera: la judía, mahometana o cristiana.

El judío, que verdaderamente era sabio, comprendió de sobra que Saladino trataba de atraparlo en sus propias palabras para hacerle alguna petición, y discurrió que no podía alabar a una de las religiones más que a las otras si no quería que Saladino consiguiera lo que se proponía. Por lo que, aguzando el ingenio, se le ocurrió lo que debía contestar y dijo:

—Señor, intrincada es la pregunta que me haces, y para poderte expresar mi modo de pensar, me veo en el caso de contarte la historia que vas a oír. Si no me equivoco, recuerdo haber oído decir muchas veces que en otro tiempo hubo un gran y rico hombre que entre otras joyas de gran valor que formaban parte de su tesoro, poseía un anillo hermosísimo y valioso, y que queriendo hacerlo venerar y dejarlo a perpetuidad a sus descendientes por su valor y por su belleza, ordenó que aquel de sus hijos en cuyo poder, por legado suyo, se encontrase dicho anillo, fuera reconocido como su heredero, y debiera ser venerado y respetado por todos los demás como el mayor. El hijo a quien fue legada la sortija mantuvo semejante orden entre sus descendientes, haciendo lo que había hecho su antecesor, y en resumen: aquel anillo pasó de mano en mano a muchos sucesores, llegando por último al poder de uno que tenía tres hijos bellos y virtuosos y muy obedientes a su padre, por lo que éste los amaba a los tres de igual manera. Y los jóvenes, que sabían la costumbre del anillo, deseoso cada uno de ellos de ser el honrado entre los tres, por sepa-

rado y como mejor sabían, rogaban al padre, que era ya viejo, que a su muerte les dejase aquel anillo. El buen hombre, que de igual manera los quería a los tres y no acertaba a decidirse sobre cuál de ellos sería el elegido, pensó en dejarlos contentos, puesto que a cada uno se lo había prometido, y secretamente encargó a un buen maestro que hiciera otros dos anillos tan parecidos al primero que ni él mismo, que los había mandado hacer, conociese cuál era el verdadero. Y llegada la hora de su muerte, entregó secretamente un anillo a cada uno de los hijos, quienes después que el padre hubo fallecido, al querer separadamente tomar posesión de la herencia y el honor, cada uno de ellos sacó su anillo como prueba del derecho que razonablemente lo asistía. Y al hallar los anillos tan semejantes entre sí, no fue posible conocer quién era el verdadero heredero de su padre, cuestión que sigue pendiente todavía. Y esto mismo te digo, señor, sobre las tres leyes dadas por Dios Padre a los tres pueblos que son el objeto de tu pregunta: cada uno cree tener su herencia, su verdadera ley, y sus mandamientos; pero en esto, como en lo de los anillos, todavía está pendiente la cuestión de quién la tenga.

Saladino conoció que el judío se libró del lazo que le había tendido, y, por lo tanto, resolvió confiarle su necesidad y ver si le quería servir; así lo hizo, y le confesó lo que había pensado hacer si él no le hubiese contestado tan discretamente como lo había hecho. El judío entregó toda la suma que el sultán le pidió, y, éste, después, lo satisfizo por entero, lo cubrió de valiosos regalos y desde entonces lo tuvo por un amigo al que conservó junto a él, y lo colmó de honores y distinciones.

El fantasma provechoso

Daniel Defoe

Un caballero rural tenía una vieja casa que era todo lo que quedaba de un antiguo monasterio o convento derruido, resolvió demolerla aunque pensaba que era demasiado el gusto que esa tarea implicaría. Entonces pensó en una estratagema, que consistía en difundir el rumor de que la casa estaba encantada, e hizo esto con tal habilidad que empezó a ser creído por todos. Con ese objeto se confeccionó un largo traje blanco, y con él puesto se propuso pasar velozmente por el patio interior de la casa justo en el momento en que hubiera citado a otras personas, para que estuvieran en la ventana y pudiesen verlo. Ellos difundirían después la noticia de que en la casa había un fantasma. Con este propósito, el amo y la esposa, y toda la familia fueron llamados a la ventana donde, aunque estaba tan oscuro que no podía decirse con certeza qué era, sin embargo, se podía distinguir claramente la blanca vestidura que cruzaba el patio y entraba por una puerta del viejo edificio. Tan pronto como estuvieron adentro, percibieron en la casa una llamarada que el caballero había pla-

neado hacer con azufre y otros materiales, con el propósito de que dejara un tufo de sulfuro y no sólo el olor de la pólvora.

Como lo esperaba, la estratagema dio resultado. Alguna gente fantasiosa, teniendo noticia de lo que pasaba y deseando ver la aparición, tuvo la ocasión de hacerlo y la vio en la forma en que usualmente se mostraba. Sus frecuentes caminatas se hicieron cosa corriente en una parte de la morada donde el espíritu tenía oportunidad de deslizarse por la puerta hacia otro patio, y después hacia la parte habitada.

Inmediatamente se empezó a decir que en la casa había dinero escondido, y el caballero esparció la noticia de que él comenzaría a excavar, seguro de que la gente se pondría muy ansiosa de que así se hiciera. En cambio, no hacía nada al respecto. Se seguía viendo la aparición ir y venir, caminar de un lado para otro, casi todas las noches, y siempre desvaneciéndose con una llamarada, como ya dije, lo cual era realmente extraordinario.

Al fin, alguna gente de la villa vecina, viendo que el caballero daba a la larga o descuidaba el asunto, comenzó a preguntarse si el buen hombre les permitiría excavar, porque sin duda allí había dinero escondido. Pues, si él consentía en que ellos lo cogieran si lo encontraban, excavarían y lo encontrarían aunque tuvieran que excavar toda la casa y tirarla abajo.

El caballero replicó que no era justo que excavaran y tiraran la casa abajo, y que por eso obtuvieran todo lo que encontraran. ¡Eso era muy duro de tragar! Pero que él autorizaba esto: que ellos acarrearían todos los escom-

bros y los materiales que excavaran y aparecían los ladrillos y las maderas en el terreno vecino a la casa, y que a
él le correspondería la mitad de lo que encontraran.

Ellos consintieron y comenzaron a trabajar. El espíritu o aparición que rondaba al principio pareció abandonar el lugar, y lo primero que demolieron fue los
caños de las chimeneas, lo que significó un gran trabajo. Pero el caballero, deseoso de alentarlos, escondió secretamente 27 piezas de oro antiguo en un agujero de
la chimenea que no tenía entrada más que por un lado,
y que después tapió.

Cuando llegaron hasta el dinero, los ilusos se en-
gañaron totalmente y se maravillaron sin querer razo-
nar. Por casualidad el caballero estaba cerca, pero no
exactamente en el lugar, cuando se produjo el hallazgo,
cuando lo llamaron. Muy generosamente les dio todo,
pero con la condición que no esperaran lo mismo de lo
que después encontraran.

En una palabra, este mordisco en su ambición hizo
trabajar a los campesinos como burros y meterse más en
el engaño. Pero lo que más los alentó fue que en realidad encontraron varias cosas de valor al excavar en la
casa, las que tal vez habían estado escondidas desde el
tiempo en que se había construido el edificio, por ser
una casa religiosa. Algún otro dinero fue encontrado
también, de modo que la continua expectación y espe-
ranza de encontrar más de tal manera animó a los campesinos, que muy pronto tiraron la casa abajo. Sí, puede
decirse que la demolieron hasta sus mismas raíces, porque excavaron los cimientos, que era lo que deseaba el
caballero, y que hubiérale llevado mucho dinero.

No dejaron en la casa ni la cueva para un ratón. Pero, de acuerdo con el trato, llevaron los materiales y apilaron la madera y los ladrillos en un terreno adyacente como el caballero lo había ordenado, y de manera muy pulcra.

Estaban tan persuadidos —a raíz de la aparición que caminaba por la casa— de que había dinero escondido ahí, que nada podía detener la ansiedad de los campesinos por trabajar, como si las almas de las monjas y frailes, o quien quiera que fuera que hubiera escondido algún tesoro en el lugar, suponiendo que estuviera escondido, no pudiera descansar, según se dice de otros casos, o pudiera haber algún modo de encontrarlo después de tantos años, casi doscientos.

Los enanos mágicos

Hermanos Grimm

Había un zapatero que, a consecuencia de muchas desgracias, llegó a ser tan pobre que no le quedaba material más que para un solo par de zapatos. Lo cortó por la noche para hacerlo a la mañana siguiente: después, como era hombre de buena conciencia, se acostó tranquilamente, rezó y se durmió. Al levantarse al otro día se puso a trabajar, pero encontró encima de la mesa el par de zapatos hecho. Grande fue su sorpresa, pues ignoraba cómo había podido ocurrir esto. Tomó los zapatos, los miró por todas partes, y estaban tan bien hechos, que no tenían falta ninguna: eran una verdadera obra maestra.

Entró en la tienda un comprador, al que agradaron tanto aquellos zapatos, que los pagó al doble de su precio, y el zapatero pudo procurarse con este dinero cuero para dos pares más. Los cortó también por la noche y los dejó preparados para hacerlos al día siguiente, pero al despertar los halló también concluidos; tampoco le faltaron compradores, y con el dinero que sacó de ellos pudo comprar cuero para otros cuatro pares. A la mañana siguiente, los cuatro pares estaban también hechos, y por último, toda la obra que cortaba por la noche la hallaba concluida a la mañana siguiente, de manera que mejoró de fortuna y casi llegó a hacerse rico.

Una noche cerca de Navidad, cuando acababa de cortar el cuero e iba a acostarse, le dijo su mujer:

—Vamos a quedarnos esta noche en vela para ver quiénes son los que nos ayudan de esta manera.

El marido consintió en ello, y dejando una luz encendida, se escondieron en un armario, detrás de los vestidos que había colgados en él, y aguardaron para ver lo que iba a suceder. Cuando dieron las doce de la noche, entraron en el cuarto dos lindos enanitos completamente desnudos, se pusieron en la mesa del zapatero y tomando con sus pequeñas manos el cuero cortado, comenzaron a trabajar con tanta ligereza y destreza que era cosa que no había más que ver. Trabajaron casi sin cesar hasta que estuvo concluida la obra, y entonces desaparecieron de repente.

Al día siguiente le dijo la mujer:

—Esos enanitos nos han enriquecido; es necesario manifestarnos reconocidos con ellos. Deben estar muertos de frío teniendo que andar casi desnudos, sin nada con que cubrirse el cuerpo; ¿no te parece que haga a cada uno una camisa, casaca, chaleco y pantalones, y además un par de medias? Hazle tú también a cada uno un par de zapatos.

El marido aprobó este pensamiento, y por la noche, cuando estuvo todo concluido, colocaron estos regalos en vez del cuero cortado encima de la mesa, y se ocultaron otra vez para ver cómo los tomaban los enanos.

Iban a comenzar a trabajar al dar las doce, cuando en vez de cuero hallaron encima de la mesa los lindos vestiditos. En un principio manifestaron su asombro, y bien pronto sucedió una grande alegría. Se pusieron en un momento los vestidos y comenzaron a cantar.

Después empezaron a saltar y a bailar encima de las sillas y de los bancos, y por último, se marcharon bailando.

Desde aquel momento no se les volvió a ver más; pero el zapatero continuó siendo feliz el resto de su vida, y todo lo que emprendía le salía bien.

El gigante egoísta

Óscar Wilde

Cada tarde, a la salida de la escuela, los niños se iban a jugar al jardín del gigante. Era un jardín amplio y hermoso, con arbustos de flores y cubierto de césped verde y suave. Por aquí y por allá, entre la hierba, se abrían flores luminosas como estrellas, y había doce albaricoqueros que durante la primavera se cubrían con delicadas flores color rosa y nácar, y al llegar el otoño se cargaban de ricos frutos aterciopelados. Los pájaros se demoraban en el ramaje de los árboles, y cantaban con tanta dulzura que los niños dejaban de jugar para escuchar sus trinos.

—¡Qué felices somos aquí! —se decían unos a otros.

Pero un día el gigante regresó. Había ido a visitar a su amigo el ogro de Cornish, y se había quedado con él durante los últimos siete años. Durante ese tiempo ya se habían dicho todo lo que se tenían que decir, pues su conversación era limitada, y el gigante sintió el deseo de volver a su mansión. Al llegar, lo primero que vio fue a los niños jugando en el jardín.

—¿Qué hacen aquí? —surgió con su voz retumbante.
Los niños escaparon corriendo en desbandada.

—Este jardín es mío. Es mi jardín propio —dijo el
gigante—; todo el mundo debe entender eso y no dejaré que nadie se meta a jugar aquí.

Y, de inmediato, alzó una pared muy alta, y en la
puerta puso un cartel que decía:

ENTRADA ESTRICTAMENTE PROHIBIDA
BAJO LAS PENAS CONSIGUIENTES

Era un gigante egoísta...

Los pobres niños se quedaron sin tener dónde jugar.
Hicieron la prueba de ir a jugar en la carretera, pero estaba llena de polvo, estaba plagada de pedruscos, y no
les gustó. A menudo rondaban alrededor del muro que
ocultaba el jardín del gigante y recordaban nostálgica-
mente lo que había detrás.

—¡Qué dichosos éramos allí! —se decían unos a
otros.

Cuando la primavera volvió, toda la comarca se po-
bló de pájaros y flores. Sin embargo, en el jardín del gigante egoísta permanecía el invierno todavía. Como no
había niños, los pájaros no cantaban, y los árboles se
olvidaron de florecer. Sólo una vez una lindísima flor
se asomó entre la hierba, pero apenas vio el cartel, se
sintió tan triste por los niños que volvió a meterse bajo
tierra y volvió a quedarse dormida.

Los únicos que ahí se sentían a gusto eran la nieve
y la escarcha.

—La primavera se olvidó de este jardín —se dijeron—, así que nos quedaremos aquí todo el resto del año.

La nieve cubrió la tierra con su gran manto blanco, y la escarcha cubrió de plata los árboles. Y en seguida invitaron a su triste amigo el viento del norte para que pasara con ellos el resto de la temporada. Y llegó el viento del norte. Venía envuelto en pieles y anduvo rugiendo por el jardín durante todo el día, desganchando las plantas y derribando las chimeneas.

—¡Qué lugar más agradable! —dijo—. Tenemos que decirle al granizo que venga a estar con nosotros también.

Y vino el granizo también. Todos los días se pasaba tres horas tamborileando en los tejados de la mansión, hasta que rompió la mayor parte de las tejas. Después daba vueltas alrededor, corriendo lo más rápido que podía. Se vestía de gris, y su aliento era como el hielo.

—No entiendo por qué la primavera se demora tanto en llegar aquí —decía el gigante egoísta cuando se asomaba a la ventana y veía su jardín cubierto de gris y blanco—, espero que pronto cambie el tiempo.

Pero la primavera no llegó nunca, ni tampoco el verano. El otoño dio frutos dorados en todos los jardines, pero al jardín del gigante no le dio ninguno.

—Es un gigante demasiado egoísta —decían los frutales.

De esta manera, el jardín del gigante quedó para siempre sumido en el invierno, y el viento del norte y el granizo y la escarcha y la nieve bailoteaban lúgubremente entre los árboles.

Una mañana, el gigante estaba en la cama todavía cuando oyó que una música muy hermosa llegaba desde afuera. Sonaba tan dulce en sus oídos, que pensó que tenía que ser el rey de los elfos que pasaba por allí. En realidad, era sólo un jilguerito que estaba cantando frente a su ventana, pero hacía tanto tiempo que el gigante no escuchaba cantar ni un pájaro en su jardín, que le pareció escuchar la música más bella del mundo. Entonces el granizo detuvo su danza, y el viento del norte dejó de rugir y un perfume delicioso penetró por entre las persianas abiertas.

—¡Qué bueno! Parece que al fin llegó la primavera —dijo el gigante, y saltó de la cama para correr a la ventana.

¿Y qué es lo que vio?

Ante sus ojos había un espectáculo maravilloso. A través de una brecha del muro habían entrado los niños, y se habían trepado a los árboles. En cada árbol había un niño, y los árboles estaban tan felices de tenerlos nuevamente con ellos, que se habían cubierto de flores y balanceaban suavemente sus ramas sobre sus cabecitas infantiles. Los pájaros revoloteaban cantando alrededor de ellos, y los pequeños reían. Era realmente un espectáculo muy bello. Sólo en un rincón el invierno reinaba. Era el rincón más apartado del jardín, y en él se encontraba un niñito. Pero era tan pequeñín que no lograba alcanzar las ramas del árbol, y el niño daba vueltas alrededor del viejo tronco llorando amargamente. El pobre árbol estaba todavía completamente cubierto de escarcha y nieve, y el viento del norte soplaba y rugía sobre él, sacudiéndole las ramas que parecían a punto de quebrarse.

—¡Sube a mí, niñito! —decía el árbol, inclinando sus ramas todo lo que podía. Pero el niño era demasiado pequeño.

El gigante sintió que el corazón se le derretía.

—¡Cuán egoísta he sido! —exclamó—. Ahora sé por qué la primavera no quería venir hasta aquí. Subiré a ese pobre niñito al árbol, y después voy a botar el muro. Desde hoy mi jardín será para siempre un lugar de juegos para los niños.

Estaba de veras arrepentido por lo que había hecho.

Bajó entonces la escalera, abrió cautelosamente la puerta de la casa, y entró en el jardín. Pero en cuanto lo vieron los niños se aterrorizaron, salieron a escape y el jardín quedó en invierno otra vez. Sólo aquel pequeñín del rincón más alejado no escapó, porque tenía los ojos tan llenos de lágrimas que no vio venir al gigante. Entonces el gigante se le acercó por detrás, lo tomó gentilmente entre sus manos, y lo subió al árbol. Y el árbol floreció de repente, y los pájaros vinieron a cantar en sus ramas, y el niño abrazó el cuello del gigante y lo besó. Y los otros niños, cuando vieron que el gigante ya no era malo, volvieron corriendo alegremente. Con ellos la primavera regresó al jardín.

—Desde ahora el jardín será para ustedes, hijos míos —dijo el gigante, y tomando un hacha enorme, echó abajo el muro.

Al mediodía, cuando la gente se dirigía al mercado, todos pudieron ver al gigante jugando con los niños en el jardín más hermoso que habían visto jamás.

Estuvieron allí jugando todo el día, y al llegar la noche los niños fueron a despedirse del gigante.

—Pero, ¿dónde está el más pequeñito? —preguntó el gigante—, ¿ese niño que subí al árbol del rincón?

El gigante lo quería más que a los otros, porque el pequeño le había dado un beso.

—No lo sabemos —respondieron los niños—, se marchó solito.

—Díganle que vuelva mañana —dijo el gigante.

Pero los niños contestaron que no sabían dónde vivía, y que nunca lo habían visto antes. Y el gigante se quedó muy triste.

Todas las tardes al salir de la escuela los niños iban a jugar con el gigante. Pero al más chiquito, a ése que el gigante más quería, no lo volvieron a ver nunca más. El gigante era muy bueno con todos los niños pero echaba de menos a su primer amiguito, y muy a menudo se acordaba de él.

—¡Cómo me gustaría volverlo a ver! —repetía.

Fueron pasando los años, y el gigante se puso viejo y sus fuerzas se debilitaron. Ya no podía jugar, pero, sentado en un enorme sillón, miraba jugar a los niños y admiraba su jardín.

—Tengo muchas flores hermosas —se decía—, pero los niños son las flores más bellas de todas.

Una mañana de invierno, miró por la ventana mientras se vestía. Ya no odiaba el invierno pues sabía que el invierno era simplemente la primavera dormida, y que las flores estaban descansando.

Sin embargo, de pronto se restregó los ojos, maravillado, y miró, miró…

Era realmente maravilloso lo que estaba viendo. En el rincón más lejano del jardín había un árbol cubierto por completo de flores blancas. Todas sus ramas eran doradas, y de ellas colgaban frutos de plata. Debajo del árbol estaba parado el pequeñito a quien tanto había echado de menos.

Lleno de alegría el gigante bajó corriendo las escaleras y entró en el jardín. Pero cuando llegó junto al niño su rostro enrojeció de ira, y dijo:

—¿Quién se ha atrevido a hacerte daño?

Porque en la palma de las manos del niño había huellas de clavos, y también había huellas de clavos en sus pies.

—¿Pero, quién se atrevió a herirte? —gritó el gigante—. Dímelo, para tomar la espada y matarlo.

—¡No! —respondió el niño—. Estas son las heridas del amor.

—¿Quién eres tú, mi pequeño niñito? —preguntó el gigante, y un extraño temor lo invadió, y cayó de rodillas ante el pequeño.

Entonces el niño sonrió al gigante, y le dijo:

—Una vez tú me dejaste jugar en tu jardín; hoy jugarás conmigo en el jardín mío, que es el Paraíso.

Y cuando los niños llegaron esa tarde encontraron al gigante muerto debajo del árbol. Parecía dormir, y estaba entero cubierto de flores blancas.

El pequeño
escribiente florentino

Edmundo de Amicis

Tenía 12 años y cursaba la cuarta elemental. Era un simpático niño florentino de cabellos rubios y tez blanca, hijo mayor de cierto empleado de ferrocarriles quien, teniendo una familia numerosa y un escaso sueldo, vivía con suma estrechez. Su padre lo quería mucho, y era bueno e indulgente con él; indulgente en todo menos en lo que se refería a la escuela: en esto era muy exigente y se revestía de bastante severidad, porque el hijo debía estar pronto dispuesto a obtener un empleo para ayudar a sostener a la familia; y para ello necesitaba trabajar mucho en poco tiempo.

Así, aunque el muchacho era aplicado, el padre lo exhortaba siempre a estudiar. Era éste ya de avanzada edad y el exceso de trabajo lo había también envejecido prematuramente. En efecto, para proveer a las necesidades de la familia, además del mucho trabajo que tenía en su empleo, se buscaba a la vez, aquí y allá, trabajos extraordinarios de copista. Pasaba, entonces, sin descansar, ante su mesa, buena parte de la noche. Últimamente, cierta casa editorial que publicaba libros y periódicos le había hecho el encargo de escribir en las fajas el nombre y la dirección de los suscriptores. Ganaba tres florines por cada quinientas de aquellas tirillas de papel, escritas con caracteres grandes y regulares. Pero esta tarea lo cansaba, y se lamentaba de ello a menudo con la familia a la hora de comer.

—Estoy perdiendo la vista —decía—; esta ocupación de noche acaba conmigo.

El hijo le dijo un día:

—Papá, déjame trabajar en tu lugar; tú sabes que escribo regular, tanto como tú.

Pero el padre le respondió:

—No, hijo, no; tú debes estudiar; tu escuela es mucho más importante que mis fajas: tendría remordimiento si te privara del estudio una hora; lo agradezco; pero no quiero, y no me hables más de ello.

El hijo sabía que con su padre era inútil insistir en aquellas materias, y no insistió. Pero he aquí lo que hizo. Sabía que a las doce en punto dejaba su padre de escribir y salía del despacho para dirigirse a la alcoba. Alguna vez lo había oído: en cuanto el reloj daba las doce, sentía inmediatamente el rumor de la silla que se movía y el lento paso de su padre. Una noche esperó a que estuviese ya en cama; se vistió sin hacer ruido, anduvo a tientas por el cuarto, encendió el quinqué de petróleo, y se sentó en la mesa de despacho, donde había un montón de fajas blancas y la indicación de las direcciones de los suscriptores.

Empezó a escribir, imitando todo lo que pudo la letra de su padre. Y escribía contento, con gusto, aunque con miedo; las fajas escritas aumentaban, y de vez en cuando dejaba la pluma para frotarse las manos; después continuaba con más alegría, atento el oído y sonriente. Escribió ciento sesenta: ¡cerca de un florín! Entonces se detuvo, dejó la pluma donde estaba, apagó la luz y se volvió a la cama de puntillas.

Aquel día, a las doce, el padre se sentó a la mesa de buen humor. No había advertido nada. Hacía aquel trabajo mecánicamente, contando las horas y pensando en otra cosa. No sacaba la cuenta de las fajas escritas hasta el día siguiente. Sentado a la mesa con buen humor, y poniendo la mano en el hombro del hijo, exclamó:

—¡Eh, Julio —le dijo—, mira qué buen trabajador es tu padre! En dos horas he trabajado anoche un tercio más de lo que acostumbro. La mano aún está ágil, y los ojos cumplen todavía con su deber.

Julio, contento, mudo, decía para sí: "¡Pobre padre! Además de la ganancia, le he proporcionado también esta satisfacción: la de creerse rejuvenecido. ¡Ánimo, pues!"

Alentado con el éxito, la noche siguiente, en cuanto dieron las doce, se levantó otra vez y se puso a trabajar. Y lo mismo siguió haciendo varias noches. Su padre seguía también sin advertir nada. Sólo una vez, cenando, observó de pronto:

—¡Es raro: cuánto petróleo se gasta en esta casa de algún tiempo a esta parte!

Julio se estremeció; pero la conversación no pasó de allí, y el trabajo nocturno siguió adelante.

Lo que ocurrió fue que, interrumpiendo así su sueño todas las noches, Julio no descansaba bastante; por la mañana se levantaba rendido aún, y por la noche al estudiar, le costaba trabajo tener los ojos abiertos. Una noche, por primera vez en su vida, se quedó dormido sobre los apuntes.

—¡Vamos, vamos! —le gritó su padre dando una palmada—. ¡Al trabajo!

Se asustó y volvió a ponerse a estudiar. Pero la noche y los días siguientes continuaba igual, y aún peor: daba cabezadas sobre los libros, se despertaba más tarde de lo acostumbrado; estudiaba las lecciones con desgano, y parecía que le disgustaba el estudio. Su padre empezó a observarlo, después se preocupó de ello y, al fin, tuvo que reprenderlo. Nunca lo había tenido que hacer por esta causa.

—Julio —le dijo una mañana—; tú te descuidas mucho; ya no eres el de otras veces. No quiero esto. Todas las esperanzas de la familia se cifraban en ti. Estoy muy descontento. ¿Comprendes?

A este único regaño, el verdaderamente severo que había recibido, el muchacho se turbó.

—Sí, cierto —murmuró entre dientes—; así no se puede continuar; es menester que el engaño concluya.

Pero por la noche de aquel mismo día, durante la comida, su padre exclamó con alegría:

—¡Este mes he ganado en las fajas treinta y dos florines más que el mes pasado!

Y diciendo esto, sacó a la mesa un puñado de dulces que había comprado, para celebrar con sus hijos la ganancia extraordinaria que todos acogieron con júbilo.

Entonces Julio cobró ánimo y pensó para sí:

"¡No, pobre padre; no cesaré de engañarte; haré mayores esfuerzos para estudiar mucho de día; pero continuaré trabajando de noche para ti y para todos los demás!"

Y añadió el padre:

—¡Treinta y dos florines...! Estoy contento... Pero hay otra cosa —y señaló a Julio— que me disgusta.

Y Julio recibió la reconvención en silencio, conteniendo dos lágrimas que querían salir, pero sintiendo al mismo tiempo en el corazón cierta dulzura. Y siguió trabajando con ahínco; pero acumulándose un trabajo a otro, le era cada vez más difícil resistir. La situación se prolongó así por dos meses. El padre continuaba reprendiendo al muchacho y mirándolo cada vez más enojado. Un día fue a preguntar por él al maestro, y éste le dijo:

—Sí, cumple, porque tiene buena inteligencia; pero no está tan aplicado como antes. Se duerme, bosteza, está distraído; hace sus apuntes cortos, de prisa, con mala letra. Él podría hacer más, pero mucho más.

Aquella noche el padre llamó al hijo aparte, y le hizo reconvenciones más severas que las que hasta entonces le había hecho.

—Julio, tú ves que yo trabajo, que yo gasto mucho mi vida por la familia. Tú no me secundas, tú no tienes lástima de mí, ni de tus hermanos, ni aún de tu madre.

—¡Ah, no, no diga usted eso, padre mío! —gritó el hijo ahogado en llanto, y abrió la boca para confesarlo todo.

Pero su padre lo interrumpió diciendo:

—Tú conoces las condiciones de la familia: sabes que hay necesidad de hacer mucho, de sacrificarnos todos. Yo mismo debía doblar mi trabajo. Yo contaba estos meses últimos con una gratificación de 100 florines en el ferrocarril, y he sabido esta mañana que ya no la tendré.

Ante esta noticia, Julio retuvo en seguida la confesión que estaba por escaparse de sus labios, y se dijo resueltamente: "No, padre mío, no te diré nada; guardaré el secreto para poder trabajar por ti; del dolor que te causo te compenso de este modo: en la escuela estudiaré siempre lo bastante para salir del paso: lo que importa es ayudar para ganar la vida y aligerarte de la ocupación que te mata".

Siguió adelante, transcurrieron otros dos meses de tarea nocturna y de pereza de día, de esfuerzos desesperados del hijo y de amargas reflexiones del padre. Pero lo peor era que éste se iba enfriando poco a poco con el niño, y no le hablaba sino raras veces, como si fuera un hijo desnaturalizado, del que nada hubiese que esperar, y casi huía de encontrar su mirada. Julio lo advertía, sufría en silencio, y cuando su padre volvía la espalda, le mandaba un beso furtivamente, volviendo la cara con sentimiento de ternura compasiva y triste; mientras tanto el dolor y la fatiga lo demacraban y le hacían perder el color, obligándolo a descuidarse cada vez más en sus estudios.

Comprendía perfectamente que todo concluiría en un momento, la noche que dijera: "Hoy no me levanto"; pero al dar las doce, en el instante en que debía confirmar enérgicamente su propósito, sentía remordimiento; le parecía que, quedándose en la cama, faltaba a su deber, que robaba un florín a su padre y a su familia; y se levantaba pensando que cualquier noche que su padre se despertara y lo sorprendiera, o que por casualidad se enterara contando las fajas dos veces, entonces terminaría naturalmente todo, sin un acto de su voluntad, para lo cual no se sentía con ánimos. Y así continuó la misma situación.

Pero una tarde, durante la comida, el padre pronunció una palabra que fue decisiva para él. Su madre lo miró, y pareciéndole que estaba más echado a perder y más pálido que de costumbre, le dijo:

—Julio, tú estás enfermo—. Y después, volviéndose con ansiedad al padre—: Julio está enfermo, ¡mira qué pálido está...! ¡Julio mío! ¿Qué tienes?

El padre lo miró de reojo y dijo:

—La mala conciencia hace que tenga mala salud. No estaba así cuando era estudiante aplicado e hijo cariñoso.

—¡Pero está enfermo! —exclamó la mamá.

—¡Ya no me importa! —respondió el padre.

Aquella palabra le hizo el efecto de una puñalada en el corazón al pobre muchacho. ¡Ah! Ya no le importaba su salud a su padre, que en otro tiempo temblaba de oírlo toser solamente. Ya no lo quería, pues; había muerto en el corazón de su padre.

"¡Ah, no, padre mío! —dijo entre sí con el corazón angustiado—; ahora acabo esto de veras; no puedo vivir sin tu cariño, lo quiero todo; todo te lo diré, no te engañaré más y estudiaré como antes, suceda lo que suceda, para que tú vuelvas a quererme, padre mío. ¡Oh, estoy decidido en mi resolución!"

Aquella noche se levantó todavía, más bien por fuerza de la costumbre que por otra causa; y cuando se levantó quiso volver a ver por algunos minutos, en el silencio de la noche, por última vez, aquel cuarto donde había trabajado tanto secretamente, con el corazón lleno de satisfacción y de ternura.

Sin embargo, cuando se volvió a encontrar en la mesa, con la luz encendida, y vio aquellas fajas blancas sobre las cuales no iba ya a escribir más, aquellos nombres de ciudades y de personas que se sabía de memoria, sintió una gran tristeza e involuntariamente cogió la pluma para reanudar el trabajo acostumbrado. Pero al extender la mano, tocó un libro y éste se cayó. Se quedó helado.

Si su padre se despertaba... Cierto que no lo habría sorprendido cometiendo ninguna mala acción y que él mismo había decidido contárselo todo; sin embargo... el oír acercarse aquellos pasos en la oscuridad, el ser sorprendido a aquella hora, con aquel silencio; el que su madre se hubiese despertado y asustado; el pensar que por lo pronto su padre hubiera experimentado una humillación en su presencia descubriéndolo todo..., todo esto casi lo aterraba.

Aguzó el oído, suspendiendo la respiración... No oyó nada. Escuchó por la cerradura de la puerta que tenía detrás: nada. Toda la casa dormía. Su padre no había oído. Se tranquilizó y volvió a escribir.

Las fajas se amontonaban unas sobre otras. Oyó el paso cadencioso de la guardia municipal en la desierta calle; luego ruido de carruajes que cesó al cabo de un rato; después, pasado algún tiempo, el rumor de una fila de carros que pasaron lentamente; más tarde silencio profundo, interrumpido de vez en cuando por el ladrido de algún perro. Y siguió escribiendo.

Entretanto su padre estaba detrás de él: se había levantado cuando se cayó el libro, y esperó buen rato; el ruido de los carros había cubierto el rumor de sus pasos y el ligero chirrido de las hojas de la puerta; y estaba allí, con su blanca cabeza sobre la negra cabecita de Julio. Había visto correr la pluma sobre las fajas y, en un momento, lo había recordado y comprendido todo. Un arrepentimiento desesperado, una ternura inmensa invadió su alma. De pronto, en un impulso, le tomó la cara entre las manos y Julio lanzó un grito de espanto. Después, al ver a su padre, se echó a llorar y le pidió perdón.

—Hijo querido, tú debes perdonarme —replicó el padre—. Ahora lo comprendo todo. Ven a ver a tu madre.

Y lo llevó casi a la fuerza junto al lecho, y allí mismo pidió a su mujer que besara al niño. Después lo tomó en sus brazos y lo llevó hasta la cama, quedándose junto a él hasta que se durmió. Después de tantos meses, Julio tuvo un sueño tranquilo. Cuando el sol entró por la ventana y el niño despertó, vio apoyada en el borde de la cama la cabeza gris de su padre, quien había dormido allí toda la noche, junto a su hijo querido.

Índice

IMPRESO EN REPROSCAN S.A. DE C.V.
ANTONIO MAURA # 190 COL. MODERNA
DELEGACIÓN BENITO JUÁREZ C.P. 03510
NOVIEMBRE 2009 MÉXICO D.F.
EL TIRAJE FUE DE 1,000 EJEMPLARES